Traumfänger

Ein spiritueller Roman

fürs ♥

von Jutta Kugel

© 2023 Jutta Kugel
Herstellung und Verlag: BoD – Books on Demand,
Norderstedt
ISBN: 9783744815888

Februar 2020
Februar 2023

Vorwort

Calisto ist ein wenig anders, als die anderen Engel. Eigentlich ist er ein sehr menschlicher Engel. Und er hat die Aufgabe, die Träume der Menschen zu hüten und zu begleiten.

Er macht so manches, was für einen Engel nicht sehr schicklich ist. Doch es kümmert ihn wenig, denn seine Devise lautet:

„Wenn Tati mich machen lässt, kann es so verkehrt nicht sein!"

So gleitet er durch die Träume der Menschen und erfährt viel über das Menschsein. Schon immer wollte er wissen, wie das ist, als Mensch zu leben.

Und eines Tages wird sein Traum tatsächlich Wirklichkeit. Doch Calisto merkt schnell, dass es als Mensch nicht so einfach ist, wie er sich das ausgemalt hat. Ganz im Gegenteil sogar: Er erfährt Leid und Schmerz und auch die alltäglichen Belastungen eines Menschen, auf die man wirklich gerne verzichten könnte. Aber auch überschwengliche Freude und Glück darf er erfahren. Er ist hin und hergerissen zwischen Neugierde und dem, was als Mensch auf ihn hereinstürmt. Und auch Herzschmerz gehört in sein Menschsein – als ob alles andere nicht schon reichen würde.

Calisto

Tati nennt mich Calisto. Manchmal auch nur Cal. Wenn Tati Cal zu mir sagt, hört es sich an, als ob da ganz viele I`s dranhängen. Seine Stimme klingt dabei nach einer frischen Brise in einer lauen Sommernacht. Übrigens bedeutet Tati Vater. Und mein Name heißt übersetzt der Schönste. Nicht schlecht - oder? Die Menschen haben viele Namen für Tati. Obwohl er ja immer der Gleiche ist.

Jeder von uns hat einen Namen. Meine Güte! Wie Tati das nur macht. Alle unsere Namen zu kennen. Wir sind viele. Sehr sehr viele. Tati sagt immer, jeder Mensch hat einen Schutzengel und noch ein paar andere dazu.

„Wozu so viele?" frage ich ihn.

Als Tati mir da antwortet, strahlen seine Augen und er lächelt:

„Weil sie euch brauchen, die Menschen."

Ich lasse noch nicht locker und frage weiter:

„Wieso brauchen uns die Menschen? Sie sind doch perfekt, oder nicht?"

Und Tatis Augen strahlen noch mehr:

„Oh – du bist ein kluger Cal! Mein Plan ist perfekt! Und auch die Menschen sind es."

Tati sieht sehr zufrieden aus bei seinen Worten.

„Du hattest einen Plan, als du die Menschen erschaffen hast?" Ich bin erstaunt und verstehe es nicht.

„Aber ja", als Tati das sagt, sehe ich die Liebe in seinen Augen. Er hat die Arme vor seinem Bauch verschränkt. Er sieht richtig glücklich aus dabei.

Mehr möchte ich darüber wissen, doch Tati erwidert auf meine Fragen nichts mehr. Ich kenne das schon. Wenn er nicht will, ist es sinnlos, weiter zu fragen. Manchmal tut er das, damit ich selbst nachdenke.

Dann halt ein anderes Mal. Ich werde wieder fragen. Meine Neugierde verlangt danach. Obwohl Engel weder neugierig noch eitel oder sonst was sind. Ich schon. Ich bin anders.

Ich gehe in den Träumen der Menschen ein und aus. In der Nacht, wenn ihr sonst so wacher Verstand schläft, wenn ihr Unterbewusstsein arbeitet und ihre Seele auf Wanderschaft geht, dann steh ich neben ihnen und schaue in die Köpfe hinein.

Wenn die Menschen schlafen, sind sie dem Tod ein wenig näher. Dem Ur-Zustand ihres Seins. Sie sind dann mehr Seele. Ein großer Dichter der Menschen, sie nennen ihn Homer, sagt: „Der Schlaf ist der kleine Bruder des Todes". Hmmm. Das sind gut gewählte Worte.

Ich bin der Bewacher ihrer Träume und gebe die nötigen Impulse. Und ich gebe acht, dass alles so läuft, wie Tati es wünscht. So der Plan.

Tati sagt oft, dass er weiß, wie schwer es die Menschen haben. Sie können sich in ihrem Erdendasein nicht an den göttlichen Zustand erinnern. Wenn sie geboren werden, verlässt sie dieses Wissen nach und nach.

„Schade", sage ich zu Tati „Wär doch voll gut, sie wüssten das alles noch."

Tati schmunzelt bei meinen Worten, doch seine ernsten Augen stehen im krassen Gegensatz zu seinen hochgezogenen Mundwinkeln. Tati kennt meine nicht endenden Fragen schon zur Genüge.

Er nickt bedächtig und erklärt mir wohl zum tausendsten Mal, dass dieses Vergessen zu den Menschen gehört. Nicht für alle. Bei manchen bleibt die Erinnerung an den Ursprung da, sie vergessen ihn nicht, oder nicht völlig. Das soll einer verstehen!

„Und außerdem", sagt er da lächelnd „Hättest du dann keine so wichtige Aufgabe."

Auch wieder wahr.

Ich habe Tati schon gebeten, dass ich auch einmal als Mensch auf die Erde kommen darf. Doch dann sagt er ganz ernsthaft zu mir, dass er mich als Traum-Engel braucht. Also bin ich wichtig. Doch ich werde nicht locker lassen.

Solange ich denken kann – wobei denken das falsche Wort ist – wandere ich in den Träumen der Menschen umher. Wir Engel haben uns so viele menschliche Eigenschaften und Dinge angewöhnt, ganz einfach deshalb, weil die Menschen sich dann mit uns leichter tun.

Tati hat viele wie mich. Er sagt, die Menschen brauchen ein wenig Unterstützung. Meiner Meinung nach kann diese Hilfe gar nicht groß genug sein. Ich seufze oft und bin sprachlos. Menschen sind irgendwie kompliziert und eigenartig. Und trotzdem würde ich gern einmal ein Mensch sein.

Pelias lacht mich deswegen oft aus. Er ist auch ein Traum-Engel. Er ist die Liebe selbst – wir Engel können da gar nicht anders. Aber diesen Wunsch von mir versteht er überhaupt nicht.

Ich liebe die Menschen. Es ist total interessant, was in ihren Köpfen – vor allem nachts, wenn sie träumen – so alles vor sich geht.

Und da ist auch noch Minuette. Sie treibt sich nachts ebenfalls in den Menschenköpfen herum. Sie hat ein zauberhaftes Lächeln und sieht Pelias und mich oft nur an und sagt:

„Ihr beiden wieder!" Ihr Lachen ist silbrig und klebrig dabei wie Zuckerwatte und bleibt in der Luft haften, wie feiner Nebel.

Und dann schwebt sie davon. Pelias und ich schauen ihr hinterher und wir nicken bedächtig dazu.

Tati hat schon immer den Kopf geschüttelt, wenn ich ihm meine Meinung kund tue. Er sagt oft zu mir, dass ich recht eigenwillig und untypisch bin, was meine Art betrifft. Doch er lächelt stets dabei und dann bin ich mir sicher, dass ich so sein darf.

Natürlich hat er recht. Ich sage meistens was ich fühle und denke und mir ist es dann egal, ob ich damit anecke. Und ich frage viel zu viel. Außerdem gehe ich nicht immer nach Vorschrift vor. Aber Tati drückt beide Augen zu und ich weiß, dass ich zwar manchmal unbequem bin, ein wenig über das Ziel hinaus schieße, aber nichtsdestotrotz – Tati ist nie böse mit mir.

Übrigens ist Tati niemals böse. Wirklich niemals. Er wirkt manchmal traurig, das schon. Ich weiß auch warum. Habe ich schon rausgefunden. Wenn er in die Herzen der Menschen reinschaut, dann wird er manchmal eben traurig.

Gar nicht so lange her, da habe ich ihn gefragt danach. Und Tati hat mich angesehen – so lange, dass meine Flügel schon ganz unruhig anfingen zu flattern. Dann lächelte er wieder und sagte: „Heute nicht Cal … ein anderes Mal erzähle ich dir davon."

Ich kenne sie alle da oben. All die Engel, Erzengel, Heiligen und sogar die aus der Unterschicht. Die gefallenen Engel. Natürlich. Irgendwann begegnet man sich einfach. Und Zeit spielt für uns keine Rolle.

Wenn ich in der Nacht bei den Menschen bin, halte ich schon mal ein Schwätzchen mit ihren Schutzengeln. Oder wer halt grad noch so da ist. Das ist immer sehr aufschlussreich und auch unterhaltsam. Manchmal auch sehr traurig.

Schutzengel sind etwas anders, als wir Traum-Engel. Wir haben alle unsere ganz individuellen Aufgaben. Oft schon habe ich mich gewundert, was Tati bei seinen Erfindungen so alles bedacht hat. Bedenken musste!

Die Menschen sind nach seinem Ebenbild erschaffen. Okay. Das hört sich noch relativ einfach an.

Und dann die Natur, die Pflanzen und Bäume. Und erst die Tiere! Wie alles zusammen passt und sich ergänzt. Ja und dann wir Engel. Es gibt für alles und jeden einen, beziehungsweise mehrere Engel. Ehrlich. Also, was Tati da alles zu bedenken hatte! Und er hatte ja nur sieben Tage Zeit dafür.

Wobei bei mir immer wieder die Frage auftaucht, warum die Menschen so kompliziert geworden sind. Ich muss Tati unbedingt nach seinem Plan ausfragen. Ist da vielleicht was schief gelaufen? Kann eigentlich nicht sein. Bei Tati läuft nichts schief. Ich fürchte, dass wird wieder so eine Frage von mir sein, auf die Tati nichts erwidert. Das ist manchmal so zwecklos, als würde ich am Abend die Sonne noch einmal bitten aufzugehen.

Wir haben auch Spaß, da wo ich herkomme. Ich glaube, Liebe und Humor gehören irgendwie zusammen. Manchmal geht Liebe ohne Humor nicht. Und umgekehrt ebenso.

Wir Engel sind immer in Einsatz. Wir hören die Stimmen der Menschen, ob groß oder klein. Und wir versuchen, bei all den Anliegen, um die sie uns bitten, zu helfen. Und können wir es selbst nicht, dann kennen wir einen anderen Engel, der helfen kann.

Ich überschreite manchmal meine Kompetenzen. Bin halt anders. Und meinen Mund kann ich auch nicht halten. Für einen Engel alles andere als akzeptabel und schmeichelhaft. Aber – Tati lässt mich machen. Danach muss ich ihn auch einmal fragen. Warum er nicht einschreitet, wenn ich zu unbekümmert meine Arbeit tue. Obwohl, so manchmal zeigt er mir schon, dass es jetzt ein bisschen zu viel war. Ohne Worte. Meistens hält das aber nie lange an, die Zurechtweisung ohne Worte. Ach, ich weiß auch nicht, was mich immer dazu veranlasst, aus der Reihe zu tanzen. Es ist wie ein Zwang.

Einmal stehe ich in der Nacht am Bett eines Menschen. Ein Kind mit blonden, lockigen Haaren, die sich in einer goldenen Flut über das Kopfkissen ergießt.

Es ist ein Mädchen und ihre langen Wimpern werfen Schatten auf ihre rosigen Wangen. Ihr Mund ist leicht geöffnet und sie atmet regelmäßig. Wie hübsch sie ist. Ihre kleine Faust liegt auf dem Kopfkissen und ihr Daumen ist fest von ihren Fingern umschlossen.

Sie befindet sich noch mehr in der Ursprungswelt. Ihre Seele ist nicht tief in ihr verborgen. Sie liegt offen und vertrauensselig vor mir.

Die Kleine liegt von mir abgewandt in ihrem Bett und ich stehe hinter ihr. Sie weiß, dass ich da bin und sie weiß auch, dass sie sich jetzt nicht umdrehen soll. Das ist eine Frage des Vertrauens. Sie ist nicht wach, aber sie schläft auch nicht richtig. Ist in einer Art Zwischenstadium. Hier ist die Verbindung zu meiner Welt besonders leicht.

Genauso ist ihr auch klar, dass ihr keine Gefahr droht. Sie hat auch keine Angst und ich beuge mich vor und streiche ihr sanft über die Wange und sie seufzt kaum hörbar und ein kleines Lächeln umspielt ihren süßen Mund. Ich liebe es, das zu tun. Die Menschen zu berühren und ihre Reaktion darauf zu erfahren. Jetzt ist sie wieder völlig in die Traumwelt abgedriftet.

Ein anderes Mal, als ich bei ihr stehe, sehe ich den großen Spiegel, der in einer Ecke des Zimmers an der Wand steht.

Wir Engel sind nicht eitel und doch zieht es mich dorthin. Ich stehe davor und betrachte das Bild, das der Spiegel mir zurückwirft.

Meine weißen Flügel kann ich nur ansatzweise sehen. Der Spiegel ist dafür nicht groß genug. Meine hohe Gestalt vermag er auch kaum zu fassen. Und meine strahlenden Augen leuchten mir entgegen und mein braunes Haar, das etwas länger ist, umrahmt mein Gesicht.

An und für sich haben wir keine Gestalt. Wir tun das für die Menschen. Ich habe mich daran gewöhnt, dass ich im Spiegel etwas sehe, dass nicht nur Energie ist.

Ich hebe eine Hand und vollführe schnelle, kleine, kreisende Bewegungen vor meinem Bauch. Und plötzlich ist die Lichtschnur da, die sich mit den Bewegungen meiner Finger kringelt. Es sieht schön aus. Dafür könnte ich eventuell von Tati eine kleine Rüge bekommen. Wir sollen das nicht machen. Tati sagt immer, die Menschen sollen glauben ohne Beweise. Dann ist es echter Glaube.

Natürlich hat sie mich bemerkt, das kleine Mädchen. Menschenkinder haben für unsere Energien feine Antennen. Sie liegt ganz ruhig in ihrem Bett, doch ihre Augen sind weit geöffnet. Ich weiß, dass sie keine Angst hat, sondern fasziniert auf die Lichtschnur schaut.

„Wie machst du das?" Ihre Stimme ist ganz leise.

Langsam drehe ich mich um zu ihr und lächle. Sie richtet sich im Bett auf und schaut erwartungsvoll in meine Richtung.

Das Gewand, das ich trage, raschelt leise, als ich auf das Bett zu steure. Wir tragen nicht wirklich Gewänder. Wie schon erwähnt, tun wir das nur für die Menschen.

„Kann ich das auch?", fragt sie mich.

Ich setze mich zu ihr auf das Bett und sie streckt vorsichtig eine Hand nach mir aus. Ich lasse sie gewähren.

Als ihre kleine Hand meine Hand berührt, gibt es eine kleine Lichtexplosion. Sie quietscht kurz überrascht auf und kichert dann.

Tati sagt immer, wir sollen es nicht übertreiben mit dererlei Sonder-Vorstellungen. Aber bei Kindern kann ich einfach nicht widerstehen. Okay – ehrlicherweise auch sonst nicht. Mich faszinieren die Reaktionen der Menschen einfach.

Vor allem bei ihr. Sie ist mein besonderer Schützling.

Die Kleine freut sich und strahlt mich an.

„Kannst du mit ihnen auch fliegen?" Ihre Augen wandern von links nach rechts zu meinen Flügeln. Und ich nicke.

„Bitte – dann nimm mich mit!" Ihre Worte sind flehentlich. Ich weiß, dass ihr kleines, junges Leben jetzt schon nicht einfach ist. Sie wird viel Mut und Vertrauen brauchen, es zu meistern.

Ich weiß von Tati, dass alle Menschen ihre Aufgaben haben. Sie sind dafür mit allem ausgestattet, was sie brauchen. Und es ist relativ einfach. Doch ganz viele Menschen haben vergessen, was für wundervolle Wesen sie sind. Sie haben vergessen, dass die wahre Quelle ihrer Erfüllung in ihrer Seele liegt und die Liebe zu allem, was lebt, ein Geschenk an sie selbst ist.

Das Mädchen sieht mich erwartungsvoll an. Ich nicke und streiche mit einer Hand zärtlich über ihr blondes Haar. In Gedanken sage ich ihr, dass sie wieder schlafen soll.

Gehorsam schließt sie die Augen und ist kurz darauf schon wieder eingeschlafen.

Und dann schenke ich ihr einen Traum.

Ich gehe mit ihr Hand in Hand über Wolken, die hell weiß sind und sich türmen, wie geschlagene Sahne. Wir sind getaucht in helles Licht, das uns liebevoll umschmeichelt und unter den Wolken liegt ein blaugrünes, riesiges Meer. Majestätische Adler durchschneiden im rasantem Flug die Wolken um uns herum und ein Schwarm Delfine springt aus den schillernden, unter uns liegenden Fluten, hinauf zu uns in die Wolken. Sie umkreisen uns wie spielende

Welpen und stupsen das kleine Mädchen ganz sanft.

Das Mädchen lacht glücklich und ich nehme sie in meine Arme.

Meine Flügel sind voll ausgebreitet und das helle Licht, das uns umgibt, liebkost die Haut des Mädchens.

„Jetzt! Jetzt!", schreit sie und ich hebe mich von den Wolken mit ihr empor und trage sie durch ihren Traum. Immer höher und höher. Sie drückt sich ganz fest an mich. Nicht, weil sie Angst hat, sondern weil ich ihr in diesem Moment etwas gebe, das sie in ihrem jungen Leben nicht kennt: Liebe, Geborgenheit, Zuwendung und ein Abenteuer.

Ich fliege mit ihr über schneebedeckte Bergspitzen und sause über eine Wüste, in der wundervolle Blumen blühen. Wir sitzen in grünen Baumkronen und sehen bunte Vögel, die ihr Lied für uns singen.

Und dann taucht ein Riesenrad am Horizont auf, so groß, dass man nicht sehen kann, wo es anfängt und wo es endet. Tausende funkelnde Lichter befinden sich daran und es gleitet lautlos und bedächtig dahin. Es ist keiner sonst drinnen. Das Mädchen ist hingerissen und ihr kleiner Mund formt ein „Ohhh".

Schon sitze ich mit ihr in einer der Gondeln. Wir sitzen eng zusammen und lassen uns hinauf tragen zum Mond. Ganz sanft, wie von Geisterhand angetrieben, dreht sich das Riesenrad. Völlig lautlos geschieht es und der Mond scheint in einem milden silbernen Licht auf unsere Gesichter.

Die Menschen brauchen Licht-Momente. Und ich schenke sie ihnen mit all meiner Liebe. Denn jeder von ihnen braucht Hoffnung. Diese Licht-Momente, wie ich sie nenne, geben ihnen ein wenig Halt und lassen sie weiter machen.

Deswegen nehme ich gern einen kleinen Rüffel von Tati in Kauf, der sich aber immer in Grenzen hält. Tati ist wirklich einmalig.

Engel-Weisheiten

Mein kleiner blonder Schützling – ich besuche sie fast jede Nacht. Ich liebe sie. In ihrer Zartheit und Unschuld berührt sie mich und ich möchte sie immer lachen und glücklich sehen.

Manchmal streift sie ziellos durch ihre Träume. Sie weiß nicht wohin sie gehen soll. Sie ist ängstlich und ihre Traurigkeit tropft förmlich beim Träumen auf ihr Kopfkissen. Ich weiß, die Menschen nennen diese Tropfen Tränen.

Ich sehe ihr zu, wie sie in ihren Träumen an Türen klopft, verzweifelt, doch niemand öffnet ihr. Sie rennt von Haus zu Haus, aus deren Fenstern strömt warmes Licht, bis sie an die Türen klopft. Dann ist jedes Haus getaucht in Dunkelheit und Leere.

Das Mädchen weint und schlingt ihre Arme um sich selbst. Sie ruft einen Namen, immer wieder, doch er verschwindet im Raunen der Dunkelheit, wird verschluckt von einer traurigen Öde.

So geht sie viele Nächte auf die Suche nach einer Heimat, einem Ort, an dem sie glücklich sein kann.

Eines Nachts sitze ich an ihrem Bett und sie wälzt sich unruhig hin und her. Sie geht durch einen Wald. Er umgibt sie schwärzlich, nur der Weg ist sichtbar. Grauenvolles Brüllen und Zischen hört sie aus der dichten Dunkelheit, doch sie geht tapfer weiter. Ihre Lippen sind zusammen gepresst und ihre kleinen Hände zu Fäusten geballt. Sie hat fürchterliche Angst und doch treibt sie etwas an.

Ihre Haare sind zerzaust und stehen von ihrem Kopf ab. Sie trägt ein langes weißes Nachthemd und ihre nackten Füße schauen unten heraus. Sie sind schmutzig.

Mein Herz zieht sich zusammen. Ich habe nicht wirklich ein Herz, so wie die Menschen. Doch ich habe die Menschen viele Jahrhunderte studiert und mein Wunsch, selbst mal ein Menschenleben erleben zu dürfen, tut ein Übriges dazu.

So sitze ich da, spüre tatsächlich wie sich mein nicht vorhandenes Herz zusammen zieht, als ich die Kleine im Traum begleite.

Wir sollen die Träume nicht steuern. Das Unterbewusstsein der Menschen arbeitet in der Nacht, während sie schlafen, auf Hochtouren. Und die Seele nutzt die Gunst der Stunde, um sich vorbei zu zwängen am Verstand, bei dem gewissermaßen der Stecker gezogen ist.

Ich muss zugeben, dass ich immer wieder das Drehbuch der Träume ein wenig umschreibe. Wenn ich dann vor Tati stehe und er mich ansieht, zieht er eine Augenbraue hoch. Solange das so glimpflich ausgeht, mache ich mir keine großen Sorgen.

Das Mädchen stapft weiter durch die Schwärze, umgeben von schrillen Lauten. Ihre blonden Locken liegen jetzt feucht um ihr zartes Gesichtchen und ich beschließe in diesem Augenblick, dass es Zeit ist für einen Gefährten. Sie braucht jemanden, der bei ihr ist, sie begleitet durch ihre wirren Träume, ihr Mut und Kraft gibt.

Und so wird der dunkle Wald plötzlich von einem kreischenden Brüllen durchschnitten und ein riesiger Feuerstrahl vertreibt die Dunkelheit.

Man hört das Schlagen von mächtigen Flügeln. Das Mädchen ist abrupt stehen geblieben und ihr Mund steht offen.

Vor ihr landet ein riesiger weißer Drache. Er schüttelt seinen Kopf, als würde er lästige Fliegen vertreiben und grinst. Dass dabei seine langen, spitzen Zähne zu sehen sind und vielleicht das Mädchen erschrecken können, daran verschwendet er keine Sekunde des Traums.

„Ich bin Christobal", sagt er mit dunkler, wohltönender Stimme und sein langer Schwanz schlägt auf und ab bei seinen Worten.

„Ich bin dein Traumdrache und wir gehören ab sofort zusammen!"

Das Mädchen hat eine Hand auf ihren Mund gepresst. Ihre Augen sind groß und rund. Langsam gleitet die Hand hinunter und sie sieht Christobal einfach nur an.

„Wie ist dein Name?" Die Frage des Drachens ist so überflüssig wie eine leere Keksdose. Er kennt natürlich schon längst ihren Namen.

„Ella", sagt sie atemlos.

Der Drache neigt seinen Kopf, bis sie sich fast Nasenspitze an Nasenspitze gegenüber stehen. Aus seinen Nasenlöchern steigt etwas Rauch auf, doch seine Augen sind sanft und liebevoll.

Ellas Hand berührt vorsichtig seine Drachenhaut überhalb der Nase. Sie ist warm und weich. Und plötzlich schlingt sie ihre Arme soweit sie reichen, um den Kopf des Drachen. Sie drückt sich an ihn und schließt ihre Augen dabei. Christobal hält ganz still.

Er weiß, sie braucht das jetzt. Dann klettert Ella einfach auf seinen Rücken und hält sich an dem dicken roten Lederband fest, dass um Christobals Hals geschlungen ist.

„Bring mich bitte von hier fort." Ellas Stimme ist laut und fest. Ein tiefes Grollen steigt aus dem Bauch des Drachens empor. Es hört sich an wie Zustimmung und ein bisschen Euphorie.

Der weiße Drache hat Mühe, seine Flügel ganz auszubreiten und ein paar Bäume knickt er einfach um dabei. Doch dann hebt er ab. Er fliegt noch einen Kreis über dem schwarzen Wald und sendet einen riesigen Feuerstrahl hinab. So hell war es dort wahrscheinlich noch nie.

Ich bin zufrieden. Sehr sogar. Jetzt ist die Kleine nicht mehr allein in ihren Träumen. Sie hat jetzt einen Beschützer und ich überlege schon, dass noch ein Gefährte, nur viel kleiner als der Drache, sehr hilfreich für sie wäre. In einem der nächsten Träume werde ich mich darum kümmern. Warum ich gerade jetzt ein Hüsteln höre, dass von überall her zu kommen scheint, ist mir gar nicht schleierhaft.

Ella

Seit ihrer Geburt spürt sie, dass sie anders ist. Nicht im Äußeren, sondern innen drin. Sie hat feines, blondes Haar und ganz helle, zarte Haut. Sie ist dünn und mager wie ein kleines, hungriges Kätzchen, dass nicht genug Milch bekommt. Alles an ihr ist sanft und wirkt zerbrechlich.

Doch in ihr wohnt ein ungebändigter Willen und sie spürt von Kindesbeinen an, dass da noch mehr ist. Sie kann es nicht benennen und diese Wahrheit scheint so weit weg von ihr zu sein, wie der Mond. Im Laufe ihres Lebens lernt sie, dass alles in ihr ist. Alles, was sie braucht, ist schon da. Es wartet nur darauf, entdeckt zu werden.

Wie der Same einer wunderschönen Blume, der im trockenen Boden verweilt und nur darauf wartet, dass Wasser ihn zum Keimen bringt, so wartet es in Ella. Ihr Geheimnis will entdeckt werden. Aber es dauert viele Menschenjahre, bis es soweit ist.

Ella fühlt sich allein und ungeliebt. Sie denkt, es ist alles ihre Schuld. Wenn sie krank wird, wenn die Menschen böse mit ihr sind, wenn ihr etwas nicht gelingt. Eine endlose Kette. Sie ist traurig, sehnt sich nach Beachtung und Anerkennung. Und nach Liebe. Nach einer Basis, die sie nie kennen gelernt hat. Nach einem festen Boden, den sie unter ihren Füssen und in ihrem Herzen spüren kann.

Alles ist wackelig, brüchig und die kurzen Momente, in denen sie Glück empfindet, sind selten und flüchtig.

Eine eigene, bessere Welt hat sie sich kreiert, um zu überleben. Sie lebt in einer Märchenwelt und führt ein Showleben. Ein Leben, das nicht ihr entspricht. Nicht ihrem Herzen und nicht ihrer Seele.

Und das hinterlässt Spuren. Nur in der Nacht, in ihren Träumen ist es manchmal zum Greifen nah. Die Wahrheit, ihre Wahrheit.

Sie fühlt sich nicht unglücklich. Aber auch nicht glücklich. Ihrem Leben fehlt die Überschrift „Das bin ich" und „Das möchte ich". Das Leben hat sie sich schön gemalt, sie hat Strategien entwickelt, um zu überleben.

Die Zeiten, in denen sie Glück spürt, sind ein erschwindeltes Glück. Denn sie spürt Glück bei Dingen, die nicht ihr entsprechen.

Manchmal – ja manchmal spürt sie Glück in ihrer Seele und das sind die schönsten Momente. Dann fühlt sie sich geborgen und rund. Ihre Seele ist für diesen Moment eine große, warme Sonne, die ihren Körper und ihr Gemüt wärmt. Wenn sie diese

Augenblicke doch nur festhalten könnte! Doch sie sind so flüchtig, wie Nebel in der Morgensonne.

Sie weiß nicht, was sie tun kann, um diese Momente öfter zu erleben. Sie hat die Geheimnisse des Lebens noch nicht erforschen können. Noch liegen sie im Verborgenen, doch die Zeit wird kommen.

Allein ist sie im weiten und großen Universum, haltlos und kummervoll. Sie greift immer wieder ins Leere, sucht nach Halt und Liebe.

Und alles, was sie an Aufmerksamkeit und Zuwendung bekommt, an Achtung und Fürsorge, saugt sie auf wie ein trockener Schwamm. Nur von langer Dauer sind diese Augenblicke nicht. Und so wird sie immer noch hungriger … und trauriger.

Ihr Leben ist bestimmt von dem, was sie gelernt hat: funktionieren, lieb sein, keine eigene Meinung haben, das tun, was andere von ihr erwarten. Sie hat schnell gelernt, dass sie dann ein wenig Anerkennung bekommt.

Ihre Eltern sind körperlich anwesend, geben ihr zu essen und ein Bett. Doch liebevolle Kommunikation, Anerkennung, körperliche Nähe und Zuwendung, nein, das kennt sie nicht.

Sie versteht nicht, warum das so ist. Sie hat dieses Gefühl der Leere, trägt diese tiefe Sehnsucht in sich. Und sie glaubt irgendwann, es muss so sein. Dass das Leben halt so ist.

In ihrem kleinem Kopf und ihrem wunden Herzen gräbt sich dieser Schmerz tief ein, nicht genug zu sein. Und alles ertragen zu müssen. Ella zieht sich zurück in ihr Innerstes. Dort ist wenigstens ein klein wenig Sicherheit.

Niemand ist da, der ihr die Welt erklärt. Ihr etwas über Gefühle und Liebe erzählt. Niemand, der ihr sagt, wie wundervoll sie ist.

Sie spürt nur ihre Unzulänglichkeit, die missbilligenden Blicke. Unsicherheit und quälende Angst begleiten sie. Und sie schrumpft, immer mehr. Ella denkt, es ist ihre Schuld. Sie hat nichts anderes verdient.

Ihre biologische Familie erfüllt nicht ihre Grundbedürfnisse nach Wahrheit, Fürsorge und Liebe.

Auf der Suche nach dem Leben, nach Erfüllung, stößt sie an ihre Grenzen. Manchmal denkt sie, dass sterben leichter wäre, als dieses Leben.

Wie gut, dass Calisto in ihren Träumen bei ihr ist. Und der weiße Drache.

Überhaupt der Engel, der in ihren Träumen herumspaziert und manchmal sogar in ihrem Zimmer ist.

Ella hält jedem Abend Ausschau nach ihm. Es fühlt sich so himmlisch an, wenn er bei ihr ist.

Manchmal sprechen sie auch miteinander. Ohne Worte. Nur in ihrem Kopf hört sie ihn. Oder sie fühlt es und diese Gefühle werden dann zu Worten.

Sie erzählt niemanden davon. Es ist ihr Geheimnis und ihr Anker.

Oft betet sie zu Gott. Bittet um Hilfe und sie weint dabei.

Ella versteht ihre Welt nicht. In ihr ist so viel Liebe und Gefühl und sie weiß nicht, wohin damit. Sie fragt sich, warum sie auf der Welt ist. Wo liegt der Sinn darin? Nur Schmerz und Qual, Verzweiflung, unendliche Sehnsucht und Verlangen.

Und eine verzweifelte Suche beginnt.

Noch ein Gefährte

Ich plaudere gerade mit Pelias, als Tati vorbei kommt und mich zu sich winkt.

Habe ich was angestellt? Gut möglich. Eigentlich mit ziemlicher Sicherheit sogar.

Ich ziehe meine Stirn in Falten. Wenn ich ehrlich bin, dann tue ich fast ständig Dinge, die so nicht im Plan stehen.

Apropos Plan. Die Gelegenheit scheint mir günstig, Tati nach „seinem großen Plan" zu fragen. Vielleicht lenkt ihn das ein wenig ab.

Tatis Blick ruht amüsiert auf mir. Man kann vor ihm keinen Gedanken geheim halten. Weder wir Engel noch die Menschen. Tati weiß einfach alles.

„Du willst vom großen Plan was wissen?" Sein weißer Bart zittert ein wenig. Ich glaube, das ist so, weil Tati extrem belustigt ist.

Und ich nicke heftig.

„Was willst du denn wissen Cal?", fragt er mich und ich überlege nicht lange.

„Wieso hast du die Menschen erschaffen? Und wieso sind sie so fehlerhaft? So kompliziert?"

Jetzt bin ich wirklich gespannt auf seine Antwort.

„Nun, wer sagt denn, dass sie fehlerhaft sind?" Er nickt bedächtig und fasst mit einer Hand in seinen Bart und streicht bedächtig darüber. Mit geschlossenen Augen erklärt er mir:

„Vor sehr langer Zeit war es nötig, Entwicklung in die Welt, das Universum, zu bringen. Was ist eine Welt, in der es kein Leben, kein Lernen, keine Entscheidungen, keine Wahl, gibt?"

Tatis Augen öffnen sich langsam und er sieht mich an.

Ich zucke mit den Schultern, hab keine Ahnung, von was er da spricht.

Und Tati fährt fort:

„Das Universum ist immer ausgerichtet auf Balance, Gleichgewicht. Ich habe lange überlegt und dann war der Plan fertig. Nach menschlichem Ermessen habe ich mir sieben Tage Zeit genommen und dann abgewartet. Den Menschen habe ich eine Seele geschenkt. Das ist der göttliche Funke, verstehst du Cal?

Und sie sind damit immer mit mir verbunden und mit allen Menschen auf der Erde. Und ich habe ihnen den freien Willen gegeben.

Denn Entwicklung kann nur stattfinden, wenn man die Wahl hat. Ich habe die Welt so gemacht, dass sie alles haben, was sie brauchen, zum Leben und Überleben."

Bei seinen Worten falle ich in eine große Grübelei. Ich höre ihn gerade noch sagen, dass die Liebe die allergrößte Macht ist.

Ich bin ganz und gar in meine Gedanken versunken und bemerke nicht, dass Tati bereits gegangen ist.

Ist das nicht äußerst kompliziert? Alles sollte im Gleichgewicht sein. Und ist es das? Die Menschen haben alles, was sie brauchen und dazu sind sie noch fähig zu lieben. Da müsste es ja wunderbar und fein auf der Erde zugehen.

Aber dann fällt mir ein, dass Tati gesagt hat, dass Entwicklung nur stattfinden kann, wenn man die Wahl hat. Denn sonst wäre es eine Vorgabe, die nicht änderbar ist.

Ich rufe nach Tati, will noch mehr wissen. Und ich höre seine Stimme, die von überall her zu kommen scheint, die laut und leise zugleich ist und voller Liebe:

„Denk darüber nach Cal - was ich dir gesagt habe."

Nun. Jetzt bin ich wieder beschäftigt. Dass die Liebe die größte Kraft im Universum ist, das weiß ich. Wir da oben, wie die Menschen immer sagen, sind pure Liebe.

Dieses Gefühl ist allumfassend, heilend und bringt die Gestirne aus ihrer Umlaufbahn. Nicht wirklich natürlich. Ich will damit nur sagen, dass Liebe – die wirkliche tiefe und nicht fordernde Liebe - alles bewirken kann. Sie vermag die Bosheit und den Hass in den Herzen der Menschen zu schmelzen. Und sie lässt die Menschen strahlen und es ist wie einst beim Urknall: es macht „Peng" und alles verändert sich.

Ich verstehe die Menschen nicht. Ach, wie gerne möchte ich einer sein. Es ist doch so leicht denke ich mir. Tati hat gesagt, die Menschen haben alles, was sie brauchen, um glücklich zu sein.

Wo ist dabei der Haken? Einiges habe ich schon gelernt. Doch noch immer ist mir schleierhaft, warum Tatis Plan so schlecht funktioniert. Da muss ich noch weiter drüber nachdenken und praktisches Anschauungs-material sammeln.

Doch heute Nacht werde ich wieder bei Ella sein und ihr noch einen Gefährten bringen. Ich bin schon gespannt, wie sie darauf reagieren wird. Und ich lächle mit einem Mund, den ich eigentlich nicht habe.

Der weiße Drache

Als Ella zu Bett geht, fallen ihr vor Müdigkeit schon fast die Augen zu. Sie freut sich auf den Schlaf und sie freut sich darauf, in ihre Traumwelt zu flüchten. Dem hübschen Engel zu begegnen, der auch manchmal an ihrem Bett sitzt und sie nur ansieht. Es geht ihr dann sofort besser. Er hat etwas an sich, dass sich nicht beschreiben lässt. Es ist, als überschwemme er sie mit Hoffnung und Liebe. Das Dunkle weicht aus ihrem Körper und sie fühlt Glück.

Manchmal hat sie Albträume und schreckliche Gefühle, die sie in den Tag hinein verfolgen. Sie befindet sich an düsteren, glücklosen Orten und oft empfindet sie eisige Kälte dabei. Doch sie ist nicht mehr allein in ihren Träumen, sie hat einen Gefährten. Jemanden, der in ihren Träumen bei ihr ist. Und sie werden seltener, die schlimmen Träume, denn jetzt hat sie den Drachen, der sie beschützt. Mit ihm kann sie weit wegfliegen, weg aus der trostlosen Traumwelt in eine heitere und sonnige Welt. Wenn sie auf Christobal sitzt, sich fest hält am roten Lederband, dann ist sie glücklich und frei.

Der Wind zerzaust ihre Haare und ihre Backen sind rot angehaucht. Sie ist weit fort von allem und ihre Angst schrumpelt zusammen wie eine getrocknete Rosine.

Christobal nimmt sie an wunderschöne Orte mit. Sie sprechen auch viel miteinander. Er erklärt ihr die Dinge, die sie nicht versteht. Christobal ist nämlich ein sehr kluger Drache.

So erklärt er ihr, dass das, was sie träumt, immer etwas mit ihr selbst zu tun hat.

Da sagt Ella entrüstet zu ihm, dass dies wohl nicht sein kann, denn – sie würde sich doch niemals an so schreckliche Orte begeben.

Sie sitzen gerade auf einem hohen Berg nebeneinander und Christobal runzelt seine große Stirn und sagt dann:

„Ja Ella. Das ist schwer zu verstehen. Ich versuche mal, es dir zu erklären:

Jeder Mensch erlebt jeden Tag ganz viele Sachen. Er gewinnt neue Erkenntnisse und versucht, alles zu verarbeiten, was er da erlebt. Das ist nicht einfach. Denn viele Dinge passieren, die nicht schön sind, die Angst machen, die aus den Tiefen der Seele verborgene Konflikte hervorholen. Dagegen sträuben sich viele Menschen, weil sie Angst vor dieser Konfrontation haben, weil sie nicht das Leid und die Qual erneut erleben wollen. Es schmerzt zu sehr. Und dann träumen sie davon. Im Traum sind sie meiner Welt ein wenig näher. Es ist eine körperlose Welt, die durch das Träumen natürliche Gestalt bekommt. Doch an und für sich ist ein Traum Energie. Und – das ist wichtig! – in diesem körperlosen Zustand sind die Seele und das Unterbewusstsein frei. Und sie kommunizieren auf diese Weise mit dem Träumenden. Sie schicken Botschaften. Man muss nur lernen, sie zu verstehen, denn sie sprechen auf andere Weise mit den Menschen."

Der weiße Drache sieht seine kleine Begleiterin liebevoll an. Sein Kopf ist dem ihrem ganz nah. Wenn er ausatmet pustet er ihre blonden feinen Haare aus ihrem Gesicht. Ella macht dabei ihre Augen zu oder blinzelt dann.

Christobal weiß, dass er Ella diese Dinge behutsam erklären muss. Es ist, als würde er ihr eine fremde Sprache beibringen. Zuerst versteht man gar nichts. Doch wenn man sich mit der Grammatik und den Vokabeln beschäftigt und sie fleißig lernt, dann beherrscht man diese anfangs fremde Sprache mit der Zeit.

So ist es auch mit den Geheimnissen des Lebens. Der Drache nickt wissend mit seinem großen Kopf.

Regina

Es ist dunkel draußen. Schon lange ging die Sonne unter und die Sterne lassen ihr helles Licht vom Himmel auf die Erde scheinen.

Ich schaue zum Fenster hinaus und hinter mir liegt die Kleine in ihrem Bett und schläft. So klein ist Ella nun nicht mehr, zwar noch nicht erwachsen, doch ich glaube, sie wird immer meine Kleine bleiben.

Heute Nacht stellt er sich hinter mich und schaut mit mir in die Nacht hinaus. Der Schutzengel meines Schützlings ist da. Er ist ja immer da und ich lächle ihn an.

Er erwidert mein Lächeln und ich betrachte ihn eine Weile stumm. Wir müssen nicht so wie die Menschen miteinander reden, sondern wir können das ohne Worte.

Der Engel hat ein wunderschönes, leuchtendes Gesicht. Alles an ihm ist weich und freundlich und seine Augen strahlen mich an.

Er sagt zu mir:

„Hallo Calisto. Ich habe auf dich gewartet. Wollte dir gern sagen, wie schön es ist, dass sie nun den weißen Drachen in ihren Träumen bei sich hat."

Ich nicke ihm zu und meine, dass sie heute Nacht noch einen Gefährten bekommen wird. Einen viel kleineren, als den Drachen.

Der Schutzengel lächelt mich an und sagt:

„Nur zu Calisto. Sie kann jeden Freund gebrauchen. Ich hoffe, du bekommst keine Schwierigkeiten mit Tati."

Naja. Das kann schon sein. Aber das nehme ich gern auf mich. Und Tati ist ja nie wirklich richtig böse. Er tut nur ein bisschen so, wegen der therapeutischen Wirkung. Die bei mir leider völlig nutzlos ist. Ich höre ihn gerade lachen. Es scheint vom Himmel zu kommen und breitet sich aus, wie die Sonnenstrahlen, die auf die Erde fallen.

Und so schwebe ich in ihren Traum und bin entsetzt. Mein kleines Mädchen ist gefangen in einem gigantisch hohen Turm. Sie blickt durch das oberste Fenster in die Tiefe und ihr blondes Haar flattert im Wind. Sie hat große Angst, das sehe ich. Ihr Gesicht ist weiß, wie eine Wand und der Mund zusammengepresst. Der weiße Drache fliegt kleine und große Kreise über dem Turm, doch weiter kann er nicht zu ihr.

Es führen unendlich viele Stufen den Turm hinauf in das einzige Zimmer, in dem Ella gefangen ist. Es ist ein düsterer Ort, ohne Hoffnung und Freude.

Das, was ich jetzt tue, ist mir eigentlich verboten. In Traumgeschehnisse darf ich nicht eingreifen. Doch ich fühle so sehr mit ihr.

Meine Flügel lassen mich sachte aus dem dunklen Himmel über dem Turm an das Fenster schweben. Der Wind, ja eigentlich der Sturm, kann mir nichts anhaben. Er rüttelt am Turm und pfeift unheimlich tönend um ihn herum.

Jetzt stehe ich genau vor dem Fenster und als Ella mich erkennt, ist sie erleichtert und sie streckt ihre Arme nach mir aus. Ein wunderbarer Moment, um ihr ihren neuen Freund zu zeigen.

Aus meinen Gewändern hole ich das Fellknäuel heraus und lege es behutsam in ihre Hände. Ihre Augen sind weit aufgerissen und der Schrecken darin ist für diesen einen Moment verschwunden.

Ich rufe ihr zu „Das ist Regina", und dann verlasse ich ihren Traum, schaue aber weiter, was geschieht.

Ella sieht zu, wie sich Regina, eine wunderschöne rot-weiße Katze, in ihren Händen streckt und sie dann aus großen, blanken Augen ansieht. Ihr Fokus ist ganz und gar auf Ella ausgerichtet.

Dann springt sie mit einem eleganten Satz aus den Händen von Ella direkt auf den Fenstersims.

Und ich höre, wie Regina zu ihr sagt:

„Zeit, von hier zu verschwinden Kleine!", und der Ruf des weißen Drachen dringt an mein Ohr.

Ich bin zufrieden und von irgendwo und nirgends höre ich jetzt ein Hüsteln, das ich nur zu gut kenne. Vielleicht muss ich nun ein paar „Hosianna" zusätzlich singen. Das war jetzt natürlich nur ein Scherz. So funktioniert der Himmel nicht. Ich weiß ja, dass ich oft übers Ziel hinausschieße. Aber ich kann`s einfach nicht lassen.

„Ich weiß." Tatis Stimme klingt bekümmert, doch ich spüre, dass er schmunzelt dabei. Dann sehe ich sein Gesicht und weiß, dass ich recht habe.

Und ich frage Tati zum x-ten Mal, warum er mich machen lässt. All die Dinge, die eigentlich von alleine ihren Lauf nehmen sollten und die durch mein Tun verändert werden. Tati schaut mich lange grübelnd an. Wohl um es spannend zu machen und damit ich Zeit habe, mein eigenes Gewissen zu prüfen. Tati regt uns immer an, selber nachzudenken und Schlüsse zu ziehen. Das ist anstrengend.

Tati hat sein ernstes Vatergesicht aufgesetzt. Vielleicht hätte ich diese Frage doch nicht stellen sollen.

Doch dann lacht er los und ich habe das Gefühl, die Erde bebt.

„Calisto", sagt er da „Dinge, die wir aus bedingungsloser Liebe heraus tun, sind ein Geschenk und ich werde niemals deswegen jemanden tadeln. Im Gegenteil."

Und ich strahle übers ganze Gesicht, dass ich ja nun eigentlich nicht habe.

„Vielleicht", so sagt Tati, ein Auge zugekniffen „Vielleicht gehört genau das ja auch zu meinem Plan? Was meinst du Cal?"

Ich lächle ihn schief an. Noch mehr zum Nachdenken.

Wünsche

Tati hat mich in andere Träume geschickt. Meine kleine blonde Freundin habe ich lange Zeit nicht gesehen.

Ich habe ihn gefragt, warum ich sie nicht mehr besuchen darf in ihren Träumen. Tati hat mich liebevoll angesehen und gemeint, dass auch viele andere so einen besonderen Traumengel wie mich brauchen würden.

Zaghaft habe ich Tati weiter gefragt, ob es damit zu tun hat, dass ich öfters, naja, etwas eigenmächtig bin.

Da hat Tati wieder mal gelacht und mir geantwortet:

„Du hast schon recht Cal – natürlich bist du nicht das Paradebeispiel eines Traumengels. Du tust Dinge, die du nicht tun solltest."

Bei seinen Worten schrumpfe ich ein wenig zusammen. Dann fährt er fort:

„Und doch bist du genau so, wie ich dich haben wollte. Ausnahmen bestätigen die Regel, nicht wahr?! Also sei unbesorgt, du solltest es allerdings nicht übertreiben!"

Tati sieht mich an, sein Lächeln ist verschwunden und ich schrumpfe noch mehr. Doch dann sehe ich das Blitzen in seinen Augen und entspanne mich wieder.

Also Tati, ehrlich – er hatte so eine Art, die man nicht immer gleich einschätzen kann. Wirklich sehr anstrengend.

Nachdem es eh schon egal ist, denke ich, jetzt ist der rechte Zeitpunkt, um wieder einmal zu fragen:

„Tatiiiiii", dabei ziehe ich den letzten Buchstaben in die Länge und beobachte ihn. Er sieht neutral aus. Na gut. Dann weiter.

„Darf ich ein Mensch werden? Bitte! Bitte Tati!"

Ich bin ganz unruhig und voller Hoffnung. Vielleicht bekomme ich heute endlich die Antwort, auf die ich so hoffe. Tati schaut in die Ferne, streicht über seinen weißen Bart und macht „Hmmm", dann sagt er nichts mehr und dann wieder „Hmmm". Oh – ich bin schon ganz hibbelig.

Nach einer gefühlten Ewigkeit – und Ewigkeit hat für mich ganz andere Dimensionen – räuspert sich Tati und dann wird seine Stimme ganz feierlich:

„Nun gut, Cal. So soll es sein! Aber halt! Warte! Es gibt gewissen Bedingungen. Ich schicke dich zu deiner kleinen blonden Freundin. Übrigens ist sie jetzt eine erwachsene Frau, kein Kind mehr. Und du darfst nicht so viel Hokuspokus machen, da würdest du zu sehr auffallen. Und – naja – mach es bitte nicht kompliziert und bring auf keinen Fall meine Schöpfung durcheinander!"

Ich hüpfe auf und ab und ich freue mich so sehr. Tati dagegen sieht mich an, als bereue er seine Entscheidung schon wieder. Aber Tati wäre nicht Tati, wenn nicht alles seine Richtigkeit hätte.

Später geht ein Raunen durch die Schar der Traumengel. Es hat noch nie einer von ihnen den Wunsch geäußert, ein Mensch zu werden. Sie sind erstaunt, dass Tati es mir erlaubt hat. Doch sie freuen sich mit mir und sagen:

„Du musst uns alles erzählen, was du erleben wirst!" Pelias ist neugierig, das spüre ich. Doch er würde nie – so wie ich – auf die Idee kommen, einmal ein Mensch sein zu wollen. Keiner der anderen Engel würde das.

Ich nicke glücklich. Ich mache mir keine Gedanken, um nichts. Bin nur selig, dass mein Traum endlich Wirklichkeit wird. Und so beginnt mein allergrößtes Abenteuer. Ich werde nichts weglassen und nichts beschönigen.

Und um es vorweg zu nehmen:

Als Mensch, als Mann, als der ich auf die Welt durfte, hatte ich es nicht leicht. Mein Traumengel-Dasein ist seit dem aus den himmlischen Fugen geraten. Aber der Reihe nach.

Alles ist anders

Als ich aufwachte, spürte ich Schmerzen. Was war das denn? Mir tat alles weh und ich wusste gar nicht, was das zu bedeuten hatte. Physische Schmerzen kannte ich nicht. Und geschlafen hatte ich auch noch nie. Ich war ja derjenige, der bisher in den Träumen der Schlafenden unterwegs war. Ich fühlte mich wirklich sonderbar – schwer einerseits und irgendwie gefangen, beengt. Na, das fing ja schon mal gut an!

Meine Augen blinzelten in die Sonne, die weit oben am Himmel stand. Ich fühlte Wärme auf meiner Haut und die Luft, die ich atmete, füllte meine Lungen und begierig sog ich die Luft immer wieder ein. Ein Prozess, an den ich mich erst gewöhnen musste, obwohl er ja automatisch stattfand.

Es waren erst einmal die körperlichen Vorgänge, die mich einerseits in ihren Bann zogen und anderseits irritierten. Dann sah ich mich um.

Ich saß auf einer alten, verwitterten Parkbank, die direkt an einem See stand. Die Wellen kräuselten sich leicht im sachten Wind und ich hörte irgendwo eine Ente quaken. Anscheinend hatte ich auf dieser Parkbank geschlafen. Ich richtete mich vollends auf und streckte meine Beine und Arme weit weg von mir. Oh, das tat gut und ich hörte und spürte, wie meine Knochen leise knackten. Dann stand ich auf und schwankte dabei ein wenig. Als Traumengel war ich schon auf zwei Beinen unterwegs, doch das war ja eher zu Showzwecken gewesen. Jetzt, auf zwei eigenen Beinen zu stehen, fühlte sich doch wesentlich anders an. Ich ging die paar Schritte zum Ufer des Sees. Gemächlich patschte das Wasser direkt vor meine Füße und ich fand es beruhigend. Immer wieder zog sich das Wasser ein wenig zurück, so als hätte es Angst. Und dann, als es mutig genug war, kam es zurück. Ich schaute eine Weile wie hypnotisiert auf diesen gleichmäßig, wiederkehrenden Vorgang.

Dann drehte ich mich um und ging direkt an den Konturen des Sees entlang um ihn herum. Es war friedlich hier. Niemand war sonst zu sehen. Mein schmerzender Körper war Schnee von gestern und ich genoss meine kleine Wanderung. Ich kam an einen Wald, der sich hinter dem See ausbreitete und eine wunderbare kühle und aromatische Luft verströmte.

So ging ich hinein. Der Waldboden war unheimlich weich. Ich staunte über alles, was ich sah: das weiche Moos zu meinen Füßen, der wunderschöne Farn, der sich vor mir aufrollte und seine vielen kleinen Blätter ins Licht streckte. Ich sah Pilze und Beeren und plötzlich verspürte ich Lust, eine von diesen glänzenden, schwarzen Beeren in meinen Mund zu stecken. Ich griff danach und schrie „Au!", denn an der Pflanze befanden sich unendliche viele kleine Stacheln. Potz blitz! Wozu brauchte es so viele Stacheln?

Anscheinend hatte ich ein Menschenleben unterschätzt. Es schien weit gefährlicher zu sein, als ich angenommen hatte und ich war ja erst ein paar Minuten als Mensch unterwegs. Ob das gut gehen konnte?

Ich drehte die Beere in meiner Hand und roch an ihr. Sie war ein kleines Kunstwerk und glänzte schimmernd im Sonnenlicht. Sie war ganz warm, als hätte sie die Wärme der Sonne in sich gespeichert.

Und dann schob ich sie mir vorsichtig in den Mund. Sie fühlte sich glatt an und als ich auf sie biss, ergoss sich süßer Saft über meine Zunge. Sie war auch ein wenig säuerlich und ich lutschte und saugte und hielt meine Augen dabei geschlossen.

Plötzlich hörte ich eine feine, sehr leise Stimme:

„Man könnte meinen, du hast noch nie eine Brombeere gegessen!"

Als ich meine Augen öffnete, sah ich erst mal nichts. Meine Augen wanderten suchend durch die Bäume.

„Hallo. Halloooooo … hier unten!" Und so schaute ich hinunter und dann sah ich, wem die Stimme gehörte.

Vor mir auf dem Boden auf einem Stein saß eine kleine Elfe. Sie hatte die Beine übereinander geschlagen und lächelte. Ihre filigranen Flügel bebten ein wenig, so als würde sie ein Lachen unterdrücken.

Ich setzte mich auf einen dicken Ast direkt neben sie und meinte dann:

„Genau so ist es! Ich habe noch nie etwas gegessen."

Die Elfe sah mich verblüfft an.

„Wie kommt`s?", und sie sah mich fragend dabei an.

„Nun", ich kratzte mich am Kopf „Ich bin noch nicht lange ein Mensch und muss mich erst daran gewöhnen."

Da lachte die entzückende Elfe ein silbriges Lachen und erwiderte:

„Das kann nicht sein! Menschen werden geboren und sind dann erst mal Babys. Dann brauchen sie viele Jahre, um so groß zu werden, wie du."

Sie schüttelte den Kopf und verdrehte die Augen.

Ich erklärte ihr den Sachverhalt in kurzen Worten und ihre Augen wurden kugelrund dabei.

Im Übrigen knurrte mein Magen zwischenzeitlich sehr laut. Er fühlte sich leer an und ich selbst fühlte mich ein wenig schwach.

„Du hast Hunger und musst was essen. Hast du Geld und ein Zuhause?"

Was waren das nur für viele Fragen? Vor allem hatte ich keine Antworten darauf.

So zuckte ich mit den Schultern und rieb mir meinen klagenden Bauch.

„Weißt du, wo ich Ella finde?", fragte ich die Elfe. Tati hatte mir doch versprochen, dass er mich zu ihr schicken würde.

Die Elfe warf ihre kleinen Flügel an und schwirrte direkt vor meine Nase.

„Na, du bist gut! Welche Ella? Es gibt Millionen von Menschen und du suchst einfach nur Ella? Na dann, viel Spaß dabei!" Und dann war sie fort.

Ich hatte ausgerechnet eine schnippische Elfe erwischt. Elfen sind sehr unterschiedlich. Die meisten sind sehr lieb und freundlich. Bis auf die, die eben schnippisch und übelgelaunt sind.

Ich wurde traurig. Tati hatte es mir doch versprochen. Ich fühlte mich allein und verlassen und so rief ich so laut ich nur konnte:

„Tati! Bitte hilf mir doch! Wie soll ich Ella finden? Wie denn?"

Im Wald begann es zu rauschen, zuerst leise und dann immer lauter und von überall her schienen Stimmen zu kommen. Ich drehte mich verwirrt im Kreis. Meinen hungrigen Bauch hatte ich da völlig vergessen.

Plötzlich hörte ich nur eine – seine Stimme aus all dem Stimmengewirr heraus:

„Hab Vertrauen Cal und gehe Schritt für Schritt. Du bist schon sehr menschlich nach der kurzen Zeit!", dabei hörte ich Tati lachen „Die Menschen haben einfach keine Geduld. Doch die ist nötig, um den Dingen ihren Lauf lassen zu können. Vertrau mir einfach Cal. So wie immer."

So beschloss ich, mich auf den Weg zu machen. Wohin er mich auch immer führen mochte. Ich hatte so wenig Ahnung von alledem. Der Weg aus dem Wald war verschlungen und es knirschte unter meinen Füssen, wenn ich auf einen Ast trat. Ich hatte Turnschuhe und eine Jeans an und mein weißes Shirt lugte aus der braunen Jacke hervor.

Ich spürte im Inneren der Jacke etwas und so fasste ich hinein und zog eine kleine Ledertasche hervor. Heute weiß ich, dass es ein Geldbeutel war. Langsam öffnete ich ihn und schaute mir seinen Inhalt an.

Da waren Geldscheine drin und einige kleine Kärtchen. Na gut. Keine Ahnung, für was ich das alles noch brauchen würde, aber Tati hätte nicht dafür gesorgt, wenn es nicht wichtig wäre.

Und ich fand ein kleines Büchlein. Auf dem Cover stand „Menschsein – wie geht das?" Es wäre praktisch gewesen, Tati hätte mir das Büchlein schon vorher überreicht.

So ging ich weiter den Waldpfad entlang, bis ich auf eine Straße traf. Ich entschied mich, rechts weiter zu gehen. Mein leerer Magen meldete sich wieder und knurrte wie eine Meute Wölfe.

Wie lange ich gelaufen war, wusste ich nicht. Schritt für Schritt reihte sich aneinander. Ich sah vor mir einige Häuser, die mit jedem Schritt mehr wurden. Links und rechts säumten sie die Straße und aus einem der Häuser duftete es herrlich. Neugierig ging ich darauf zu und ging zur offenen Tür hinein.

Da lagen wunderbar aussehende Köstlichkeiten und mir lief das Wasser im Munde zusammen. Ich zeigte auf einige und eine nette, ältere Dame packte mir alles in eine Papiertüte. Hinter ihr standen Flaschen im Regal und auch da nahm ich zwei davon mit. Ich legte ihr einen Geldschein hin, den ich zum Glück vorhin entdeckt hatte und sie gab mir Scheine und Münzen zurück.

Dann lief ich weiter die Straße entlang. Links von mir stand ein Brunnen, aus dem fröhlich das Wasser in kleinen Fontänen in die Luft schoss und direkt daneben stand eine Holzbank. Ich dachte mir, dass dies ein guter Platz für eine Pause wäre und setzte mich.

Nach und nach verspeiste ich die leckeren Dinge aus der Tüte, trank aus der Flasche, wobei das gar nicht so einfach war. Es sprudelte und ich verschluckte mich zuerst. Es schmeckte süß. Ich trank gierig und dann endlich hörte auch mein knurrender Magen auf, sich zu beschweren.

Doch was nun? Ich wischte mir mit der Hand über meinen Mund und holte das kleine Büchlein aus meiner Jacke. Bald war ich völlig vertieft in die Lektüre. All das hätte ich niemals vermutet. Meine Augen waren sicherlich kreisrund und weit geöffnet, genauso wie mein Mund.

Ich hatte ja so gar keine Ahnung! Naja. Wird schon schief gehen, dachte ich mir und mir war nicht klar, wie sich dieser Gedanke im wahrsten Sinne des Wortes bewahrheiten sollte.

Ich stand von der Parkbank auf und ging weiter die Straße entlang. Wohin sollte ich gehen? Als ich Tati rief, erhielt ich keine Antwort. Ich holte das kleine Büchlein wieder hervor und las, während ich weiter lief. Ein großer Fehler!

Denn plötzlich wurde mein Körper mit einem dumpfen Schlag in die Luft gehoben und dann krachte ich unsanft auf den Boden. Danach verlor ich das Bewusstsein.

Begegnung

Als ich wieder erwachte, schmerzte mein ganzer Körper und ich fühlte mich sehr benommen.

Zuerst wusste ich nicht, wo ich mich befand. Das Zimmer war groß und weiß und hatte ein großes Fenster, an dem die Vorhänge zugezogen waren. Ich blickte mich vorsichtig um, denn auch mein Kopf schmerzte höllisch.

Neben mir auf dem kleinen, auch weißen Nachtkästchen, stand ein Becher und eine Flasche mit Wasser. Ich griff danach und stöhnte. Mir tat wirklich alles weh. Doch ich schaffte es, den Becher zu greifen und dann trank ich gierig. Ich fühlte mich wie ausgetrocknet.

Im Zimmer stand außer meinem Bett, dem Nachtkästchen und einem Kleiderschrank, der natürlich auch weiß war, nichts.

Dann fühlte ich ein drücken in meinem Bauch und das Bedürfnis, etwas loszulassen.

Just in diesem Moment ging die Tür auf und herein kam – wen wundert`s – eine weiß gekleidete junge Frau. Sie war blond.

Sie kam lächelnd auf mich zu und sagte:

„Oh, ich sehe, Sie sind aufgewacht. Das ist gut. Wie geht es Ihnen, wie fühlen Sie sich?"

Dabei sah sie mich forschend und aufmerksam an. Sie legte ihren hübschen Kopf ein wenig schief, als würde sie über irgendetwas nachdenken.

Ich sagte nichts. Denn ich kannte sie. Um sicher zu gehen, fragte ich:

„Wie ist ihr Name?"

Und sie sagte: „Ella."

Heiliger Strohsack! Tati hatte recht gehabt. Ich musste nur geduldig sein.

Sie sah mich immer noch nachdenklich an. Ich glaube, sie spürte oder wusste auch, dass wir uns schon begegnet waren. Vor vielen Jahren.

„Ihr Name ist Calisto. Ein merkwürdiger Name. Sie hatten eine Geldbörse dabei und da war Ihre Krankenversicherungskarte mit drin. Deswegen kenne ich Ihren Namen. Woher kommt der Name? Was hat er für eine Bedeutung?"

Ihr Blick ruhte fragend auf mir und sie bemerkte, dass ich im Bett zu zappeln anfing. Dann meinte sie:

„Sie müssen sicherlich auf die Toilette. Kommen Sie, ich helfe Ihnen. Sie haben ein gebrochenes Bein und eine leichte Gehirnerschütterung."

Sie schlug die Bettdecke zurück und da sah ich mein rechtes Bein, das einen Gipsverband trug. Es war schwierig, aus dem Bett zu kommen und mir war total schwindelig. Ella stützte mich und so führte sie mich zur Toilette. Ich sah mich unentschlossen darin um. Und Ella sagte:

„Sie scheinen ja so einiges vergessen zu haben, nicht wahr." Dabei lächelte sie.

Dann zeigte sie mir, was ich machen musste. Danach fühlte ich mich erheblich besser. Mit Ella an meiner Seite wankte ich zurück ins Bett.

„Sie sind irgendwie anders. Irgendwie sonderbar."

Ich lag im Bett und Ella sah mich mit blanken Augen an. Ich lächelte schief und meine Augen hielten die ihren fest.

„Und ich habe das Gefühl von Vertrautheit und Geborgenheit in ihrer Nähe. Ist das nicht eigenartig?"

Ich wollte schon sagen „Nein, gar nicht", hielt mich aber zurück. Denn erschrecken wollte ich Ella schon mal überhaupt nicht.

Ich hatte ja keine Ahnung, wie sie war und was das Leben aus ihr gemacht hatte.

Es war sehr günstig und nützlich, dass sie dachte, ich könnte mich an nichts mehr erinnern. So gesehen stimmte das ja auch: als Mensch hatte ich keinerlei Erfahrungs- und Erinnerungswerte, außer meinem kleinen Büchlein von Tati und den Ereignissen, die ich als Mensch schon vorzuweisen hatte. Und das war nicht sehr viel.

Ella erklärte mir dann so einiges über das Krankenhaus, in dem ich lag und was passiert war. So langsam konnte ich mich daran wieder erinnern – wie ich im Büchlein gelesen hatte und es plötzlich wums gemacht hatte. Mit Autos hatte ich noch keine Erfahrungen gemacht. Ich wünschte, ich hätte mich besser vorbereiten können. Aber es ging plötzlich alles so schnell. Ich rieb mir mit der Hand über die Augen.

Ich lag vier Tage im Krankenhaus und die Ärzte sprachen mit mir wegen der Entlassung. Wer sich um mich kümmern würde, wo ich wohnte und so weiter und so fort. Ich hatte auf keine dieser Fragen eine Antwort. Ella war bei diesen Gesprächen immer dabei und ich sah oft in ihr grübelndes Gesicht. Eines Abends kam sie zu mir. Sie trug keinen weißen Kittel mehr, sondern eine leichte, braune Hose und ein rosa Shirt. Ihr blondes, lockiges Haar umrahmte ihr Gesicht und sie sagte:

„Calisto, wie wäre es, wenn Sie erst mal mit zu mir kommen, bis sie sich wieder erinnern können? Würde Ihnen das gefallen? Ich habe ein freies Zimmer. Ich weiß nicht, warum ich das tue. Doch etwas sagt mir, dass es richtig ist und ich Ihnen vertrauen kann."

Und ich nickte heftig. Und ob mir das gefallen würde!

So versprach Ella, sich um mich zu kümmern und das Krankenhaus machte die Entlassungspapiere fertig.

Als Ella mich auch noch einmal nach meiner Adresse fragte, zuckte ich nur wieder die Schultern und sagte, dass ich mich wirklich nicht erinnern konnte. Was sollte ich denn darauf auch sagen. Vielleicht:

„Ich bin ein Traumengel und der liebe Gott hat aus mir einen Menschen gemacht. Ich habe kein Zuhause hier auf der Erde. Im Himmel schon."

Da würden sie mich mit absoluter Sicherheit gleich in den Trakt der Psychiatrie verlegen.

„Ich war schon bei der Polizei wegen Ihnen Calisto. Dort sagten sie mir, dass niemand vermisst würde, auf den Ihre Beschreibung passt. Ich dachte nur, dass Sie sich vielleicht doch erinnern können?!" Ella sah mich erwartungsvoll an.

Das Schulterzucken wurde zu einer wichtigen Angewohnheit für mich. Ich konnte ja meine angebliche Amnesie dafür verantwortlich machen. Sehr praktisch, wirklich.

Am Abend vor meiner Entlassung kam Ella zu mir ins Zimmer und besprach den nächsten Tag, den Tag meiner Entlassung, mit mir.

So kam es, dass ich mein Quartier bei Ella aufschlug.

Das Zimmer, das sie für mich hatte, war klein, doch sehr gemütlich. Ein Schrank, ein Bett und ein flauschiger Teppich auf dem Boden, ein kleiner Schreibtisch und ein Stuhl davor und ganz wichtig - es hing an der Wand ein Kreuz mit Tatis Sohn.

Das Haus musste schon alt sein und es stand nahe am Wald. Außen sah es nicht mehr so taufrisch aus und das Grün der Fensterläden war verblichen und blätterte ab. An der Hausmauer stand eine verwitterte Holzbank, ebenfalls grün gestrichen. Ihr Anstrich jedoch sah relativ frisch aus. Ich hörte Vögel in den unterschiedlichsten Tonarten singen und pfeifen, manchmal vernahm ich aus weiter

Ferne auch den Ruf eines Raubvogels am Himmel.

Innen drin war das Haus wunderbar gemütlich. Die Möbel waren zusammen gewürfelt, passten jedoch wundersamer Weise perfekt zusammen. Es waren Blumen und Grünpflanzen da, einige Stehlampen und wirklich viele Kerzen standen in jedem Zimmer. Und Tatis Sohn war fast auch in jedem Zimmer. Das fand ich toll.

Mein Zimmer lag direkt unter dem Dach. Ella schlief ein Stockwerk unter mir. Das Bad war neben Ellas Schlafzimmer. Im Erdgeschoss waren die Küche, das Wohnzimmer und eine Toilette. Die Räume waren nicht sehr groß, doch ich fühlte mich vom ersten Moment an wohl.

„Wir müssen Ihnen ein paar Sachen zum Anziehen kaufen. Und noch so ein paar Sachen … einen Rasierer zum Beispiel."

Ich nickte. Über Geld machte ich mir keine Gedanken. So etwas Unsinniges kannte ich bisher nicht. Ich überließ mich Ellas Fürsorge und war glücklich für den Moment. Das war genug.

Die erste Nacht in meinem neuen Zuhause werde ich nie vergessen. Das Fenster stand offen und ich hörte die Geräusche der Nacht. Zufrieden lag ich in meinem Bett. Ella hatte mir die Dusche gezeigt. Ich wäre fast ausgerutscht beim Duschen und das Duschgel war halb leer, als ich fertig war. Ich kämpfte noch eine Weile mit dem Schaum. Meine Güte, Mensch sein war irgendwie anstrengend.

Dann gab Ella mir einen alten Schlafanzug mit den Worten:

„Der ist zugegebenermaßen schon alt, das schon. Er gehörte meinem Vater. Eigentlich wollte ich ihn schon lange entsorgen. Habs vergessen." Sie zuckte mit den Schultern und sah mich wieder an.

Das tat sie oft. Irgendetwas formte sich in ihrem Inneren. Das war mir klar.

Ich starrte zum offenen Fenster hinaus in die Nacht und rief nach Tati. Es dauerte eine Weile, bis er mir antwortete:

„Hallo Cal. Wie geht es dir? Ist es so, wie du es dir vorgestellt hast?"

Wieso er mich das fragte, war mir rätselhaft, denn Tati kannte mich in- und auswendig und ebenfalls jeden meiner Gedanken. Ich war einer seiner Traumengel.

„Naja", erwiderte ich da nachdenklich „Meinen Start als Mensch fand ich recht holprig und ...", nun machte ich eine kleine Pause und seufzte tief auf, „Und dann habe ich auch noch das kleine Büchlein von dir verloren bei dem Unfall." Das bekümmerte mich wirklich sehr.

„Cal", die Stimme von Tati war warm und liebevoll „du wirst das Büchlein nicht mehr brauchen. Sammle deine Erfahrungen und Wahrheiten, so wie es die Menschen tun. Ich gab ihnen den freien Willen, um ihr Wachstum zu sichern, ihnen die Möglichkeit zu geben, selbst zu entscheiden. Denn nur dann können Verstand und Herz zusammen arbeiten. Das hat seinen Sinn. Ein Mensch, der sein Herz außen vorlässt oder es nicht genug wahrnimmt, schließt auch mich aus. Das ist mein Gesetz: Liebe umschließt alles und macht alles möglich, doch wer sich dagegen entscheidet, wird zwangsläufig einen schweren Weg gehen."

Ich dachte über seine Worte nach. Natürlich wusste ich schon immer, dass Liebe das wichtigste auf der Welt ist. Doch wie das Leben eines Menschen aussieht, wirklich aussieht, war mir fremd.

Wenn ich in den Träumen der Menschen ein und aus ging, sah ich etwas anderes: die Sehnsucht, die Angst und das Unbewusste, das in ihnen schlummerte und in der Nacht erwachte.

„Tati", ich streckte meine Arme in die Dunkelheit „Tati – du wirst mich nie verlassen, nicht wahr?"

„Aber nein Cal! Niemals. Ich bin bei dir. Alle Tage, alle Nächte, in deinen schönsten Stunden und in den schrecklichsten. Mein Geist ist deiner, meine Liebe gehört dir und allen anderen. Das was vergeht, wird wieder geboren. Der Tod ist nicht das Ende. Es gibt kein Ende."

Bei seinen Worten fielen mir die Augen zu und ich schlief ein. Und ich träumte selbst. Mir war klar, dass ich träumte, das erste Mal! Und es war faszinierend. Ich träumte von Ella. Sie saß auf einer riesengroßen Schaukel und flog in den Himmel. Ihr blondes Haar flatterte im Wind und sie schrie vor Vergnügen. Sie stemmte ihren Körper in die Schaukel, um höher fliegen zu können, doch plötzlich brachen die Seile, an denen die Schaukel hing.

Sie schrie entsetzt auf und flog ins Universum. Sie hatte keine Möglichkeit, dem zu entkommen.

Ich wälzte mich im Bett umher und die Bettdecke rutschte auf den Boden. Ich fühlte Gefühle, die ich nicht kannte. Sie ballten sich in meinem Inneren zusammen und verknoteten sich zu einem Klumpen. Ich spürte Sorge und Sehnsucht und mein Herz klopfte wild dabei. Ich wollte sie halten, in Sicherheit bringen, doch mein Traum ließ sich nicht beeinflussen. Er führte ein Eigenleben.

Ella flog weiter auf ihrer Schaukel und ihre Augen waren weit aufgerissen. Doch plötzlich saß ich neben ihr auf der Schaukel.

Das ist das Schöne an Träumen: Dort ist alles möglich, alles kann sein, alles kann passieren, auch wenn es noch so unmöglich zu sein scheint.

Ich griff nach ihrer Hand und hielt sie fest. Und Ella sah mich an und fragte:

„Wer bist du? Ich kenne dich. Woher kommst du? Ich suche mein ganzes Leben schon nach dir. Mein Anker, mein Hafen bist du. Meine Freude, mein Leid."

Und ich klappte meine Flügel auf und wir flogen immer noch auf der Schaukel sitzend hinunter auf die Erde, die blau zu uns herauf schimmerte.

Dann wachte ich auf. Ich beugte mich zum Boden hinunter und zog die Bettdecke wieder aufs Bett und über mich.

Was für ein Traum!

Am nächsten Morgen klopfte es recht früh an meiner Tür und ich rief einfach „Herein".

Ella stand im Türrahmen. Ihre Haare waren verstrubbelt und sie war blass. Sie trug ein weißes Nachthemd mit Spagettiträgern, das ihr bis zu den Knien reichte. Ich sah ihre

Haut schimmern im bleichen Morgenlicht. Ihre Hände waren zu Fäusten geballt und ihre Augen waren so blank wie die Sterne am Himmel.

Sie war total aufgewühlt, das spürte ich sofort. Ich auch. Als ich sie so da stehen sah, so angespannt, so verloren, wie ein Kind, das sie nicht mehr war, da passierte auch etwas in mir.

Es regte sich etwas, eine tiefe Sehnsucht, ein Verlangen, sie anzufassen, zu berühren, sie in meinen Armen zu halten und fest an mich zu drücken. Ich war erstaunt über dieses Fühlen. Und – ich wollte mehr davon. Wollte eintauchen und darin ertrinken. Ihre nackte Haut glänzte im Licht des aufgehenden Morgens und erweckte etwas in meinem tiefsten Inneren. Es fühlte sich sonderbar ziehend an. Magnetisch und mir fiel das Denken schwer.

Sie leckte sich über ihre Lippen und ihr Mund formte Worte, die sie nicht sagen konnte. Sie war völlig außer sich.

Ella ging ein paar Schritte auf mich zu und blieb dann wieder stehen. Sie war unschlüssig.

Plötzlich hörte ich sie flüstern:

„Ich weiß wer du bist! Ich weiß es! Ich träumte heute Nacht von dir. Ich saß auf einer Schaukel und flog durchs Universum und dann warst plötzlich du da! Du hast mich gerettet."

Ich sagte nichts. Mein Blick hielt sie fest. Ich war völlig hingerissen von dem, was gerade passierte.

Ihr Flüstern wurde noch leiser, als sie weiter sprach:

„Du kamst zu mir in der Nacht, als ich noch ganz klein war. Du gabst mir Hoffnung und deine Liebe. Und du hast mir Gefährten geschenkt, die meine Träume begleitet haben. Bis heute. Du standest in meinem Zimmer und hast die Lichtschleifen gezaubert. Du brachtest mich zum Lachen und du hast mein dunkles Leben hell gemacht."

Ich sah, wie Tränen über ihr Gesicht liefen. Sie sprach zu mir, doch eigentlich sah sie mich in diesem Moment nicht. Sie sprach aus ihrer Erinnerung heraus, war wieder das kleine Mädchen, das so sehr einen Freund brauchte.

„Dann warst du eines Tages fort. Kamst nicht mehr. Ich habe geweint und dachte, dass ich etwas falsch gemacht hätte. Mein Leben war von diesem Zeitpunkt an wieder dunkel und schwer. Nur der Drache und die Katze waren in meinen Träumen bei mir.

Warum hast du mich verlassen? Ich brauchte dich so sehr!"

Sie hob den Blick und sah mich an. Ihre Augen schwammen in Tränen.

Ebenso leise, wie sie gesprochen hatte, sprach ich:

„Ich musste gehen. Tati hat mir andere Aufgaben gegeben."

Ich schlug die Bettdecke zurück und stand auf. Langsam ging ich auf sie zu. In dem alten Schlafanzug ihres Vaters. Sie hob abwehrend ihre Hände und schluchzte wild.

So blieb ich stehen und wartete. Ihre Arme sanken langsam hinunter und ihr Körper bebte. Dann lief ein Ruck durch sie und plötzlich warf sich Ella in meine Arme. Ich fing sie auf und hielt sie fest. Sie weinte sich die Seele aus dem Leib und krallte sich fest an mir. Alle Qualen der Vergangenheit brachen in diesem Moment aus ihr heraus.

Irgendwann hing sie schlaff in meinen Armen und ich hob sie vorsichtig hoch und legte sie ins Bett. Dann legte ich mich zu ihr und sie schmiegte sich an mich und wir schliefen beide traumlos ein.

Gefühlswelt

Als ich am Morgen erwachte, war Ella fort. Auf dem kleinen Nachtkästchen neben dem Bett, lag ein Zettel, auf dem Ella geschrieben hatte:

„Bin im Krankenhaus zur Arbeit. Wenn ich heute Abend wieder komme, müssen wir reden. Ich bin verwirrt und glücklich. Ella."

Das konnte ich wirklich verstehen. Mir ging es nicht anders. Vieles verstand ich nicht, was gerade passierte. Vor allem, wie mein Körper auf Ella reagierte.

Die vielen Dinge, die ich als Mensch noch lernen musste, machten es für mich zwar schwierig, jedoch was ich als Mensch fühlte, brachte mich noch mehr durcheinander. Und ich fragte mich, ob es den Menschen ebenso erging wie mir.

Sind Gefühle so schwer zu ergründen und einzuordnen? Für alle? Ob Mann oder Frau? Ob Kind oder Greis?

Was ist es, das mich fühlen lässt? Was passiert da in mir und mit mir? Habe ich Einfluss darauf? Kann ich mich dem entziehen?

Ich hatte endlos viele Fragen. Vielleicht konnte Ella mir heute Abend einige davon beantworten.

Ich saß auf der Gartenbank an der Hausmauer und sah in den Himmel.

Ganz plötzlich erschien ein Regenbogen über dem Haus und die kleine Elfe, die ich damals im Wald getroffen hatte, tauchte vor meinen Augen schwebend auf.

Sie hatte ihre Arme vor ihrer Brust verschränkt und meinte schnodderig:

„So. Du hast also deine Ella gefunden. Respekt! Ich habe mich umgehört. Deine Geschichte ist tatsächlich wahr. Was hat dich nur dazu veranlasst, ein Mensch werden zu wollen? Versteh ich nicht. Menschen sind komisch. Sie haben das Talent, merkwürdiges zu tun und ebenso zu denken. Im Übrigen sind sie selbstsüchtig und egoistisch."

Die Elfe schwebte dicht neben mir auf die Bank und plumpste entspannt mit dem Rücken an die Lehne. Sie war sehr hübsch, die Kleine. Hatte einen roten Schmollmund und langes, silbriges Haar.

„Was ist deine Aufgabe?", fragte ich sie. Denn ich wusste von Tati, dass jedes Ding und jedes Lebewesen eine Aufgabe zu erfüllen hatte.

Sie schob ihr Kinn ein wenig vor und sagte versonnen:

„Ich kümmere mich um die Tiere des Waldes. Das ist meine Aufgabe. Und glaub mir, ich hab viel zu tun!"

Sie schaute auf ihre Fingernägel, als überlegte sie etwas und klopfte dann mit ihrer kleinen Hand auf mein Bein.

„Du wirst es schon noch merken, dass das Leben der Menschen verzwickt ist. Müsste nicht sein. Deine Ella – nun ja, sie ist da keine Ausnahme. Und du? Das wird spannend werden."

Sie verbeugte sich leicht vor. Wenigstens hatte sie annehmbare Manieren. Dann war sie fort und der Regenbogen verblasste und verschwand dann ganz.

Ich saß lange auf der Bank vor dem Haus und wartete auf Ella. Dann endlich kam sie. Ich sprang auf, denn sie trug links und rechts schwere Taschen. Ich half ihr beim Hineintragen und dann beim Auspacken.

Ella sah müde aus. Bestimmt war es anstrengend im Krankenhaus. Und der Tag war lang gewesen.

Wir standen in der Küche und ich packte die Einkäufe aus und Ella verstaute sie in diverse Schränke. Vieles von den Dingen, die ich da aus den Tüten holte, drehte ich erst ein paar Mal vor meinen Augen und wunderte mich, was es in der Menschenwelt alles gab.

„Komm, hilf mir beim Kochen. Dabei können wir uns unterhalten."

Ella blickte mich freundlich an. Ich hatte noch nie etwas gekocht und hörte aufmerksam ihren Anweisungen zu. Zwischendurch fragte sie mich, wie es meinem Bein ging und ob ich noch Kopfschmerzen hätte.

Das gebrochene Bein war verheilt. Das war das Gute daran, ein Engel zu sein. Ella war verblüfft. Ich fühlte mich absolut heil und beschwerdefrei.

Den flexiblen Gips hatte ich mir schon abgenommen und in die Ecke gestellt. Ich brauchte ihn nicht mehr.

Dann hielt sie plötzlich inne in ihrem Tun und sah mich an:

„Wie ist dein wirklicher Name?"

Und ich sagte konzentriert auf die Karotte schauend, die ich gerade in kleine Stücke schnitt:

„Mein Name ist Calisto, das stimmt schon. Aber alle nennen mich nur Cal."

Ella murmelte leise meinen Namen und dann:

„Ich hatte recht, nicht wahr? Du bist der Engel, der nachts in meinem Zimmer und meinen Träumen war. Du hast mir Geschichten erzählt. Ich habe dich so sehr vermisst, als du nicht mehr kamst."

Ich nickte.

„Warum bist du hier Cal? Wieso bist du plötzlich ein Mensch, ein Mann?"

Ich hörte auf, die Karotte zu zerkleinern, legte das Messer beiseite und richtete meine Aufmerksamkeit auf Ella:

„Tati hat mir meinen Wunsch erfüllt, ein Mensch zu werden. Solange ich denken kann, war dies mein allergrößtes Sehnen. Ich dachte nicht wirklich, dass es einmal geschehen würde. Und ich dachte niemals daran, dass du mein Traum bist, der sich erfüllt. Das habe ich mir zwar sehnlichst gewünscht, dich wieder zu sehen, doch ich war ja nur Cal, der Traumengel. Schon damals hast du mein Herz berührt und viele Dinge, die ich für dich getan habe, hätte ich nicht tun dürfen. Es ist uns verboten, in Träume einzugreifen oder uns den Menschen zu zeigen."

„Warum hast du es getan?"

„Weil ich eine ganz besondere Verbindung zu dir gespürt habe. Und ich fühlte deine Not, deine Einsamkeit. Du bist und warst sehr wichtig für mich."

Durch die Küche wirbelte ein kleiner Windhauch, der Ella und mich erfasste. Ich verstand. Wie viel durfte ich ihr erzählen? Bestimmt hatte ich schon mehr als genug gesagt. Doch andererseits – ich konnte sie nicht belügen.

Ella nickte nur. Dann schnippelten wir zusammen das Abendessen fertig und Ella schob den Gemüseauflauf in den Backofen. Dann holte sie zwei Weingläser aus einem der Schränke und eine Flasche Rotwein. Ich hatte noch nie Alkohol getrunken und hatte keine Ahnung, wie ich darauf reagierte.

Wir gingen ins Wohnzimmer. Überall brannten Kerzen und verströmten einen sanften, goldfarbenen Schimmer.

„Setz dich", sagte Ella „trink einen Schluck, ich komme gleich wieder. Ich muss noch schnell unter die Dusche."

Als sie wieder kam, war ihr Haar nass. Sie trug eine kurze Jogginghose und ein blaues Shirt. Ich blickte an ihren nackten Beinen hoch und atmete den wunderbar frischen Duft ein, der von ihr ausging. Ich sog die Luft in meine Lungen und schloss die

Augen. Schon wieder spürte ich dieses seltsame Verlangen, sie zu berühren.

Ella saß neben mir und nippte an ihrem Weinglas. Sie beobachtete mich aufmerksam. Dann sagte sie:

„Als meine Eltern starben, sehr kurz hinter einander, erbte ich dieses kleine Haus von ihnen. Ich wurde hier geboren und es ist verbunden mit schlimmen Erinnerungen. Ich wollte das Haus eigentlich verkaufen, wegen all der Erinnerungen. Sie quälen mich noch heute. Doch ich konnte es nicht verkaufen. Es war das einzige Zuhause, das ich jemals hatte. Auch wenn dieses Zuhause meine Hölle war. Ich konnte es einfach nicht und so lebe ich weiter hier."

Ich hatte mich immer gefragt, was für ein Schicksal Ella erlebt hatte. Damals als Kind, das ich so oft besucht hatte, spürte ich ihre Einsamkeit und Verzweiflung.

Sie saß neben mir und ihre Augen glänzten im Kerzenschein.

„Sag Cal – findest du mich hübsch?"

Ihre Frage überrumpelte mich, wie damals das Auto, das mich angefahren hatte.

Darüber hatte ich mir noch nie Gedanken gemacht. Hübsch oder nicht – was spielte das für eine Rolle? Ich liebte Ellas Wesen, ihre Art.

Als ich nichts sagte, meinte Ella traurig:

„Also findest du mich nicht anziehend. Wie denn auch." Sie starrte in den Boden bei ihren Worten und wirkte verloren.

Als ich ihre Hand in meine nahm, blickte sie erstaunt hoch.

„Ella", meine Stimme war leise und warm und vom Wein beflügelt. „Ich war bis vor kurzem noch ein Engel. Deine Frage kommt überraschend für mich. Ich kann sie dir nicht beantworten. Doch ich bemerke, wann immer ich an dich denke oder du in meiner Nähe bist, geschieht etwas mit mir. Mein Herz klopft schneller und ich muss auch mehr atmen. Mein Körper tut sonderbare Dinge, die sich aber wundervoll anfühlen. Ich möchte mehr von dem, was ich nicht kenne und verstehe."

Ella war verblüfft. Dann lächelte sie plötzlich und hob eine Hand und strich mir damit übers Gesicht. Sie fuhr mit einem Finger sachte meine Lippenkonturen nach, zupfte an meinen Augenbrauen und liebkoste meine Ohren.

Und ich erschauderte innerlich wie äußerlich. Auf meinen Armen breiteten sich kleine Hügel aus und die Härchen darauf standen in die Höhe.

„Was ist das?" Ich fuhr mit einer Hand staunend darüber.

„Das ist eine Gänsehaut. So sagen wir dazu. Man bekommt sie, wenn uns etwas unter die Haut geht quasi. Das kann unterschiedliche Ursachen haben."

Ella schaute mich an und ich spürte, wie sie meine Unwissenheit berührte. Ihr blondes Haar, das fast trocken war, kräuselte sich ihren Rücken hinunter und fiel über ihr Shirt.

Es sah so schön aus. Da hob ich eine Hand und tat es ihr nach.

Ich fuhr über ihr Gesicht, das so weich und zart war. Meine Finger strichen über ihre Augenbrauen und als ich über ihren Mund fuhr, seufzte sie leise. Ich sah ihre Arme an, doch sie hatte keine Gänsehaut. Ob das jetzt ein schlechtes Zeichen war?

„Mach weiter", flüsterte Ella.

Also erkundete ich ihr Gesicht erneut und strich ein paar kleine, noch immer feuchte Haarsträhnen hinter eines ihrer Ohren. Ich fühlte ihr pochendes Herz. Abrupt hörte ich auf.

Ella öffnete die Augen und sagte:

„Was? Warum hörst du auf? Es ist so schön."

„Ich weiß nicht, was ich noch tun soll in deinem Gesicht, was dir Wohlbefinden gibt. Und ich weiß nicht, was gerade in mir vor sich geht. Ich fühle mich elektrisiert und unwissend. Ich möchte Dinge tun und habe keine Ahnung, was ich tun möchte."

Ella sprang mit einem Mal hoch und lief auch schon los und rief mir zu:

„Der Auflauf! Meine Güte! Hoffentlich ist er noch zu retten."

Er war noch zu retten. Wir schabten die obere, verbrannte Schicht ab und verspeisten den Rest. Dabei sprachen wir kein Wort. Jeder hing seinen Gedanken nach. Nach dem Essen räumten wir gemeinsam die Küche auf und Ella befüllte die Spülmaschine.

Wir waren immer noch gefangen in unserer eigenen Gedankenwelt. Ich fragte mich, auf was ich so sehnlichst wartete?

„Ella", ich durchbrach die Stille mit meinen Worten „Was passierte da gerade vorhin? Und ich möchte mehr von dir wissen. Wie war dein Leben bis zum heutigen Tag?"

Ich goss noch etwas Wein in die Gläser. Der Kerzenschein zauberte bizarre Muster an die Wände und es flackerte manchmal, als ginge ein sanfter Windhauch durch das Zimmer.

Ella hielt ihr Glas gedankenverloren in der Hand und drehte es im goldenen Licht der Kerzen.

„Cal, du bist unglaublich!" Ihre Stimme klang sehr weich als sie weitersprach „ich möchte auch so viel von dir wissen, habe viele Fragen an dich. Und vorhin …"

Sie machte eine Pause und atmete tief ein und aus.

„Vorhin hast du entdeckt, was körperliche Nähe und Anziehung bedeutet. Du bist ein Mann Cal und ein Mann hat Bedürfnisse, nach denen dein Körper verlangt. Du möchtest mir nahe sein, mich spüren. Und dein Verlangen wird sich in dir ausbreiten, wie ein Flächenbrand. Und dann möchtest du mich ganz haben, besitzen."

Eine Frau besitzen? Das kam mir absurd vor. Wie sollte das denn gehen? Also nein, man kann doch niemanden besitzen und so schüttelte ich den Kopf.

„Erkläre es mir Ella", bat ich sie. Ich wollte es gerne verstehen.

Sie nickte kurz und dann nahm sie unsere Weingläser nacheinander in die Hand und stellte sie auf den Tisch. Sie rückte näher zu mir und flüsterte in mein Ohr „Ich zeige es dir Cal".

Erneut – so wie vorhin – strich sie zärtlich über mein Gesicht. Sie fuhr mit ihren Fingern um mein Gesicht, über die Ohren, die Augenbrauen und dann über die Lippen.

Ich fühlte die Wärme in meinem Inneren wieder aufflammen. Sie wurde zur Hitze und dann zum lodernden Feuer. In meinen Eingeweiden schienen tausende Schmetterlinge zu toben.

Plötzlich hörte sie auf und ihr Gesicht näherte sich dem meinem. Ich hielt die Luft an und dann legte sie ihre köstlichen Lippen auf meinen Mund. Da explodierte etwas in mir. Lieber Himmel – Menschsein war herrlich!

Ich zog sie mit meinen Armen näher zu mir. Ellas Lippen drückten sacht auf meinen Mund und dann spürte ich ihre Zungenspitze zwischen meinen Zähnen. Sie saugte an mir und ihre Zunge erforschte mich und dann war ich mutig genug, auch meine Zunge zu gebrauchen. Es war ein wundervolles Spiel und ich genoss jeden Augenblick davon.

Meine Hand lag in ihrem Nacken und einen Arm hatte ich fest um ihren Körper geschlungen. Wir beide atmeten lauter als sonst. Ihre Zunge liebkoste meine Lippen und dann verschlangen wir uns gegenseitig. Also nicht richtig natürlich. Es fühlte sich nur so an.

Ella hielt inne und strich sich ihre blonden Haare aus dem Gesicht. Ihre Haut war gerötet und ich sah an ihrem Hals eine Ader pochen.

„Du bist so anders Cal! So wunderbar unschuldig. Ich habe es vorher noch nie so erlebt und gefühlt, wie jetzt. Verstehst du es nun? Ein bisschen …?"

Was wäre, wenn …

Tagsüber war ich meistens alleine in dem kleinen Häuschen. Ella war im Krankenhaus arbeiten. So hatte ich viel Zeit zum Nachdenken.

Zum Beispiel, was es bedeutete, ein Mann zu sein. Unser gefühlvolles Spiel am Abend vorher ließ mich nicht mehr los. Ella meinte, das wäre normal. Und für mich sowieso. Ich entdeckte dieses Spiel gerade erst. Ich war neugierig und angespannt. Und begierig, mehr zu erfahren.

Für heute hatte ich Ella versprochen, etwas Leckeres zu kochen und wenn sie von der Arbeit kam, brauchte sie sich nur noch an den gedeckten Tisch zu setzen. Ob es lecker werden würde, das stand noch in den Sternen. Da hörte ich sein Lachen und ich lachte mit. Tati war immer da. Das beruhigte mich. Ella und ich wollten heute Abend nach dem Essen ein wenig spazieren gehen und uns dabei unterhalten. Es gab noch so viel, was mich interessierte und Ella natürlich auch.

Wenn sie mich manchmal ansah, sah ich in ihren Augen die Faszination, aber auch eine gewisse Fassungslosigkeit. Ein Unverständnis über die Dinge, die geschahen, seit ich in ihrer Welt aufgetaucht war.

Mein Dasein als Traumengel schien unendlich weit weg zu sein.

Ich betrachtete meinen Körper voller Verwunderung. Selbst als ich Schmerzen, Unwohlsein und Einschränkungen erfahren hatte, selbst da war ich voller Bewunderung. Und es war grandios, Gefühle zu haben. Mir schwante, dass Gefühle nicht immer nur schön sein konnten. Wenn Ella arbeiten ging, fehlte sie mir. Da wuchs eine Sehnsucht in meinem Herzen, die weh tat.

Die Welt da draußen, außerhalb von Ellas Reich, war mir fremd und würde es wahrscheinlich immer bleiben. Ich war jemand anderes, aus einem anderen Reich, der das Privileg bekam, andere Erfahrungen machen zu dürfen. Ich gehörte nicht hierher. Und wieder fragte ich mich, warum Tati es mir erlaubt hatte.

Einmal, als ich noch der Traumengel Cal war, hatte ich mit Tati über die Menschen gesprochen und ihn gefragt, warum er sie so fehlerhaft machte. Als ich in den Träumen der Menschen wanderte, kamen sie mir oft so vor.

Doch heute ist mir klar, oder sagen wir mal klarer, dass die Menschen perfekt sind, oder wären, wenn sie denn nicht alles so kompliziert machen würden.

In dem kleinen Häuschen von Ella bekam ich nicht viel mit von der Welt, in der Ella sich bewegte. Was tat sie außer arbeiten gehen und einkaufen? Zu wem hatte sie Kontakt? Was hatte sie bisher gemacht, wenn sie nicht arbeiten war? Ach, ich kannte sie im Grunde überhaupt nicht. Ich kannte nichts hier. Ja schon, ich lernte jeden Tag etwas über das Menschsein. Doch ich fragte mich auch, ob mir das gefiel, was ich lernte.

Die Welt der Menschen – ich war ein Exot darin, ein seltenes Tier und dort konnte ich nicht bestehen. Mein Dasein war bei Tati. Das ich Mensch sein durfte, überforderte mich.

Und doch wollte ich diese Chance, wie ich noch nie etwas gewollt habe. Mit Ella zusammen sein zu dürfen, war ein einziges Abenteuer und Geschenk für mich.

Manchmal saß ich stundenlang vor dem Fernseher und sah mir alles an, was der Fernseher her gab. Ehrlich gesagt, gab es darin wenig, dass zu meiner Erleuchtung beitrug. Wenn Ella abends heim kam, bombardierte ich sie mit Fragen. Sie erklärte mir geduldig, was ich wissen wollte.

Ich sah im Fernseher viele Berichte über die Natur, die Tiere und Berge und über bezaubernde Seen, riesige Ozeane und über brodelnde Vulkane. Über hohe Gebirgsketten und wundervollen Wald –

alles, was Natur war, saugte ich in mir auf. Das fand ich sehr spannend. Und oft auch sehr traurig. Menschen sind Raubtiere.

Bei hitzigen Gesprächsrunden im TV, in denen Themen behandelt wurden, die mir nichts sagten, begann ich langsam zu begreifen, dass Menschen durchaus andere Gesichter haben konnten. Das, was augenscheinlich war, das war oft nicht die Realität. Menschen verbergen sich oftmals hinter Lügen und einem Lächeln, um etwas zu erreichen.

Dann gab es auch Filme, über die ich lachen musste. Und es gab auch hin und wieder eine Sendung über uns Engel. Da musste ich dann auch stellenweise lachen.

Mein Verdacht bestätigte sich: Menschen waren zwar hinreißend, jedoch auch sonderbar und erschreckend.

Mit Ella besprach ich alles, was ich tagsüber zu sehen bekam. Ella versicherte mir immer wieder, dass viele der Filme nur erfunden waren, um unterhaltend zu sein. Das verstand ich nun überhaupt nicht. Was machte es für einen Sinn, eine Welt zu kreieren, die reine Fiktion war, um die Menschen zu unterhalten? Wozu mussten sie unterhalten werden?

Das Essen war fertig, der Tisch gedeckt und ich hatte noch ein wenig Zeit, bis Ella kam.

Das Rezept hatte ich bei einer Kochsendung im Fernsehen mitgeschrieben.

So setzte ich mich auf die kleine Holzbank vor dem Haus und wartete. Das Warten wurde rückblickend wirklich zu meiner Hauptbeschäftigung und ich lernte, was Unzufriedenheit bedeutete.

Ich sah hinunter auf den Boden und sah Ameisen in einer langen Reihe geschäftig einem Ziel zusteuern, das ich nicht kannte. Wie eine lebendige Kette suchten sie sich ihren Weg durch den Rasen. Dann sah ich in den Himmel hinauf. Er war blau und ein paar Wölkchen trieben gelangweilt ebenfalls in eine bestimmte Richtung. Hatte in der Welt der Menschen alles eine Richtung? folgten alle einem Ziel? Und wenn ja – welchem Ziel?

Die Menschen hatte Tati nach seinem Ebenbild erschaffen. Also müssten sie doch von Liebe und Sanftmut, Verständnis und Heiterkeit erfüllt sein?

Ich schloss meine Augen und begann zu träumen. Also nicht so ein Traum, wie man ihn nachts träumt, sondern einen Traum, bei dem man wach ist und seine Gedanken laufen lässt.

Was wäre, wenn alle Menschen auf der Erde, die Musik Tatis hören würden? Den Klang seiner warmen Stimme, die Töne seiner bedingungslosen Liebe, die Sinfonie seiner Schöpfung und das überwältigende Konzert seines allumfassenden Seins?

Ich glaube, dann würde es im Fernseher stiller werden.

Obwohl ich die Welt Ellas nicht kannte, konnte ich fühlen, wie verkehrt sie vielfach war.

In einem unserer langen Gespräche hatten Ella und ich vereinbart, dass ich praktisch nicht auf der Bildfläche in Erscheinung treten sollte. Ella versteckte mich eigentlich in ihrem Haus. Und da erinnerte ich mich, dass ich im Fernsehen einen Film mit einem Außerirdischen gesehen hatte, der E.T. hieß. Zuerst wusste ich nicht, was ein Außerirdischer war, doch dann begriff ich. E.T. war gestrandet in einer ihm fremden Welt und er war auf die Hilfe der Kinder angewiesen. Er wollte unbedingt wieder nach Hause. Und er sollte nicht in die Hände von gnadenlosen Wissenschaftlern gelangen.

Ich faltete meine Hände über meinem Bauch und fühlte die letzten Sonnenstrahlen des Tages auf meinem Gesicht. Auch ich war sowas ähnliches wie dieser E.T. Auch wenn ich sehr bewusst hier sein wollte. Doch ich gehörte hier nicht hin.

Wieder zu gehen, hieße auch Ella zu verlassen. Oh meine Güte! Ein leises Verstehen stahl sich in mein Innerstes. Gefühle waren manchmal nur schwer zu ertragen. Und die Wahrheit ebenfalls.

Endlich kam Ella heim. Sie sah müde aus, doch wunderschön. Ihre langen, blonden Haare hingen ihren Rücken hinab. An den Spitzen kräuselten sie sich leicht. Sie trug ein Sommerkleid mit einem tiefen Ausschnitt und ihre hübschen Beine steckten in leichten Sommerschuhen.

Der tiefe Ausschnitt und ihre braune Haut verursachten ein angenehmes Kribbeln in meinem Bauch. Das fand ich schon eigenartig. Aber es war auch ein tolles Gefühl.

Dieses Gefühl könnte ich am ehesten beschreiben mit Geschirr spülen. Wenn ich dem wachsenden Schaum zusah. Das Spülmittel im Wasser entwickelte immer mehr Schaum, je mehr Wasser ich einlaufen ließ. Ich habe es viele Male probiert – ohne Geschirr. Ein paar Tropfen Spülmittel und der Schaum wuchs ins Unermessliche.

Ein bisschen braune Haut und ein tiefer Ausschnitt und der Schaum in mir türmte sich mit jedem Schritt von Ella, als sie auf mich zukam und mich anlächelte. Die blonden, kringeligen Haarspitzen lagen auf ihrem Busen und wippten fröhlich. Ich wäre gerne mit meinen Fingern über ihre Haut gestrichen.

„Ich habe Hunger Cal", meinte da Ella und zog mich von der Bank hoch und wir gingen hinein.

Ja. Ich hatte auch Hunger. Nicht auf das, was ich uns gekocht hatte. Nein. Ich wusste aber nicht, was diesen anderen Hunger in mir stillen konnte.

Beim Essen sah ich Ella unverwandt an. Sie erzählte vom Krankenhaus und ihrer Arbeit. Doch ich hörte ihr kaum zu. Meine Gedanken verweilten auf ihrer Haut und ihrem roten Mund, der sich unaufhörlich bewegte. Ihre Worte aber verschwanden, wie Sand, der durch die Finger rieselt. Ich hörte nicht, was sie mir erzählte.

„Ella", sagte ich da unvermittelt „Findest du, dass ich ein hübscher Mann bin?"

Ich glaube, vor einiger Zeit hatte Ella mir die gleiche Frage gestellt.

Sie verschluckte sich und kicherte. Dann legte sie ihre Gabel beiseite, nahm meine Hand und sagte „Komm! Du hörst eh nicht, was ich dir erzähle".

Wir gingen hinauf in ihr Schlafzimmer. Dort stand ein großer Spiegel an der Wand und vor den stellte sie sich mit mir.

„Sag mir, was du siehst!"

Ich sah in den Spiegel und sagte:

„Dich!"

Da trat sie einen Schritt beiseite und fragte mich noch einmal:

„Und nun? Sag mir, was du siehst."

Lange Zeit sagte ich nichts. Ich schaute auf mein Spiegelbild. Ella wartete geduldig.

„Ich bin groß, nicht dick, nicht dünn. Meine Arme sind kräftig. Und meine Haare sind braun und lang und ich habe einen Bart. Meine Zähne sind weiß und meine Ohren wohl geformt. Ein heller Schein umgibt mich, das ist mein himmlisches Erbe."

„Genau!", rief Ella da laut.

„Du bist ein hübscher Kerl Cal und einer der wenigen, die das nicht wissen. Auch, dass du eigentlich woanders zuhause bist, merkt man. Du bist unheimlich anziehend. Man möchte dich ständig berühren. Es tut so gut, in deiner Nähe zu sein."

Ich stand vor dem Spiegel und starrte mein Spiegelbild an. Ich und hübsch? Naja, stimmte irgendwie schon. Da vernahm ich plötzlich ein leises Grollen und die Stimme, die ich so gut kannte und liebte:

„Hüte dich vor der Eitelkeit! Und vergiss die Selbstgefälligkeit nicht! Das ist der Untergang eines liebenden Herzens."

Und Ella meinte gerade:

„Haben wir ein Gewitter? Ich höre ein entferntes Donnergrollen."

Ich seufzte tief und nickte. Dann drehte ich mich zur Seite und sah in Ellas Augen. Sie war diejenige, die hübsch war.

„Komm", sagte ich mit rauer Stimme „Lass uns jetzt in den Wald gehen und wir erzählen uns was."

Die Treppe ins Erdgeschoss rannte ich fast hinunter.

Wir gingen durch den Wald. Es dämmerte bereits und ein Glück, dass Vollmond war. So hatten wir genug Licht, um unseren Weg zu finden.

Im Wald war es herrlich. Ich dachte gerade an Tati und die anderen Engel. Auch nach ihnen hatte ich Sehnsucht. Ich spürte sie in meinem Herzen. Es zog und rumpelte dort und ich fühlte mich hin und her gerissen.

„Du hast Heimweh Cal?" Fragend sah mich Ella an und ich nickte.

„Doch dich würde ich ebenso vermissen, wenn ich nicht mehr hier sein könnte. Ich glaube, Mensch sein ist wahrlich nicht einfach."

Ella nahm meine Hand und so gingen wir stumm weiter. Plötzlich fing sie an zu sprechen:

„Ich weiß Cal, dass du eines Tages wieder fortgehen wirst. Ich möchte dir jetzt schon sagen, dass ich das gut verstehen kann. Dein Platz ist einfach nicht hier. Doch ...", und da machte sie eine Pause und sah auf ihre Schuhspitzen, bevor sie mit etwas brüchiger Stimme fort fuhr:

„Du warst mein Anker als ich klein war und jemanden brauchte. Mein Leben war nicht schön und wenn ich keine Kraft mehr hatte, wartete ich in der Dunkelheit auf dich oder du hast mich in meinen Träumen besucht. Die Katze und der Drache sind immer noch bei mir. Ich habe dir nie viel über meine Vergangenheit erzählt und werde es auch jetzt nicht tun. Vergangen ist vergangen. Was zählt ist jetzt. Der Moment, der jetzt gerade stattfindet."

Wir blieben stehen und sie wandte sich mir zu.

„Cal, du weißt sicherlich nicht, was es mir bedeutet, dass du hier bei mir bist. Und ich wünschte mir, du wärst einfach nur ein

Mann. Ein Mann, den ich lieben dürfte und der bei mir bleiben könnte."

Ich sah sie sprachlos an. Liebe? Ich liebte Tati und die anderen Engel. Und ich liebte damals die kleine Ella, die so einsam und hilflos war. Doch irgendetwas war anders, als sie jetzt von Liebe sprach. Ich fühlte es ganz genau.

Bei ihr bleiben können … wollte, konnte ich das? Tati hat mir nicht gesagt, wie lange mein „Abenteuer" dauern würde.

Plötzlich kam Ella einen Schritt auf mich zu und wir standen fast Nase an Nase. Sie stellte sich leicht auf die Zehenspitzen. Da berührten sich unsere Nasen tatsächlich und dann legte sie ihren Mund auf meinen.

Und was soll ich sagen? Der Schaum in mir hatte mit einem Mal keinen Platz mehr in meinem Inneren und ich explodierte quasi.

Ich verzehrte mich nach Ellas Nähe, nach Berührungen und nach dem intimen Spiel von Neulich. Und jetzt ihr Kuss riss mich fort und ich spürte mein wild pochendes Herz. Wild küsste ich sie zurück und sie lachte leise. So standen wir lange zusammen. Küssten uns und versanken für den Moment in Glückseligkeit.

„Ella", fing ich an „Was ist das, was wir empfinden? Ich will nicht ohne dich sein, möchte dich ständig berühren, dir nahe sein."

Und Ella schmiegte sich an meine Schulter und sagte leise:

„Das ist Liebe Cal. Du entdeckst sie gerade und ich fühle sie zum ersten Mal in ihrer ganzen Schönheit."

Schöne Zeiten

Wir gingen weiter durch den Wald, Hand in Hand. Der Mond schickte sein Licht durch die Bäume in die Dunkelheit und manchmal traf er sogar auf den Waldboden. Dann leuchtete der Boden für einen kurzen Augenblick, als wäre das Mondlicht auf tausende kleine Glassplitter getroffen.

„Ich habe eine Überraschung für dich", Ellas Stimme klang freudig.

Ich blieb stehen und zog sie in meine Arme und sagte „So. Eine Überraschung. Sag, was ist es?"

Ella wollte einen Kuss dafür, wenn sie es mir verriet. Und bei dem einem blieb es nicht. Küssen war wunderschön. Ella küssen war wunderschön. Sie drängte ihren Körper dabei dicht an mich.

„Okay", sagte sie dann nach einer Weile „Ich sag`s dir: Wir gehen ins Theater und hören uns traumhafte Musik an. Von Bach. Ich freu mich schon. Vor allem auf dein Gesicht, wenn du diese Musik hörst. Du wirst da nicht auffallen. Diesen Ausflug erlauben wir uns einfach."

Auf meine Fragen hin, erklärte mir Ella, was ein Theater war und wer dieser Herr Bach ist. Und sie erzählte mir etwas über diese

Musik, die wir dort hören würden. Es klang spannend und ich freute mich riesig, außer Ellas Haus und dem Garten, endlich mal etwas anderes sehen zu können.

Als wir wieder zuhause waren, sagte mir Ella augenzwinkernd, dass sie noch eine Überraschung für mich hätte. Sie ging mit mir in mein Zimmer und da hing am Kleiderschrank ein Anzug für mich. Nachtblau mit einem weißen Hemd und einer dunkelblauen Fliege. Schwarze Schuhe standen auf dem Boden davor.

„Probier es an, ob alles passt."

Und schnell zog ich meine Jeans und den Pulli aus. Ich bemerkte, wie Ella jeder meiner Bewegungen mit den Augen folgte. Als ich die Hose zugeknöpfte und das Hemd in die Hose gestopft hatte, zog ich das Sakko über und schlüpfte in die Schuhe.

Ella ging um mich herum und sah mich prüfend an.

„Du solltest nicht so tief Luft holen, sonst platzen die Knöpfe am Hemd und die Hose ist ein wenig zu lang. Das Sakko passt tadellos."

Sie band mir gerade noch die Fliege um den Hals. Ich zog die Augenbrauen zusammen. So eine Fliege mochte ich nicht. Sie schnürte mir die Luft ab. Und ich fand, dass sie nicht einmal toll aussah. Und ich stellte wieder mal für mich fest, dass die Menschen viele Dinge hatten, die nicht nur unnütz waren, sondern meiner Meinung nach auch schädlich.

Ella lachte und zog mir die Fliege vom Hals. „Dann halt nicht", meinte sie achselzuckend.

Wir gingen am Samstag ins Theater und als ich Ella in ihrem Kleid sah, haute es mich fast um.

Sie hatte ihr blondes Haar hoch auf ihrem Kopf aufgetürmt und es steckte ein winziges, glitzerndes Diadem darin. Wenn das Licht darauf fiel, schimmerte und glänzte es in allen Regenbogenfarben. Um den Hals trug sie eine einfache silberne Kette mit einem wunderschönen Mondstein als Anhänger.

Mein Blick glitt an ihr abwärts. Das rote, enge Kleid umhüllte ihre Figur wie eine zweite Haut und ging bis zum Boden. Ab den Knien war es weiter geschnitten und hatte einen Schlitz bis fast zum Po. Wie man darin gehen konnte, war für mich nicht nachvollziehbar. Von den schwarzen, hohen Pumps ganz abgesehen. Sie sah bezaubernd und atemberaubend darin aus und ich war unendlich stolz, mit ihr den Abend zu verbringen.

Als wir beim Theater mit dem Taxi eintrafen, wimmelte es dort nur so vor Menschen. Ich wurde unruhig, doch Ella beruhigte mich.

„Es wird niemanden auffallen, wer oder was du bist Cal. Lass uns den Abend genießen."

Wir gingen die Treppen hinauf, was wegen Ellas Kleid nur Schritt für Schritt und sehr langsam ging. Ich schmunzelte. Bevor wir durch die riesengroße Türe gingen, wurden wir fotografiert. Ich zuckte zusammen und Ella streichelte über meinen Arm.

Ella hatte meine langen Haare zuhause noch intensiv gebürstet und dann am Hinterkopf zu einem Zopf zusammen gebunden. Als ich in den Spiegel sah, bekam ich große Augen. Das sah nicht mal schlecht aus. Und Ella schnalzte mit der Zunge und lachte.

Wir gingen zu unseren Plätzen und dann wurde es kurz darauf dunkel. Das Theater war wirklich groß und alle Plätze waren belegt. Ausverkauft heißt das, erklärte mir Ella.

Vor uns tauchte wie von Zauberhand das Orchester auf. Von Ella weiß ich, dass Bläser und Streicher darunter waren und einer, der einer großen Trommel hin und wieder laute oder leise Töne entlockte. Eine zierliche Harfenistin saß hinter einer großen Harfe und zupfte an den Saiten. Natürlich waren noch jede Menge andere Mitstreiter da und jeder hatte seine Aufgabe und wusste, was er zu tun hatte. Sehr beeindruckend.

Und vor dem Orchester stand der Dirigent, der alle Musiker befehligte.

Das war einfach alles umwerfend. Doch als die Musik anfing, war ich wie berauscht. Noch nie habe ich als Mensch so etwas Wunderschönes gehört.

Die Musik wirkte auf meine Seele und damit begann das Wunder. Ich fühlte mich leicht und empor gehoben. Etwas Süßes träufelte in meine Haut, erfüllte mich mit allumfassendem Glück und ich bekam eine Gänsehaut. Musik öffnet die Herzen der Menschen, sie vergessen in diesem Moment, was für Schatten über ihnen liegen. Sie vergessen Sorgen und Nöte. Sie spüren die Magie, die heilende Folge der Töne, die in sie sickert, wie der wohltuende, lang erwartete Regen in der Wüste. Und genau wie in dieser, kann in den Menschen der Same gedeihen, der dort schon lange auf sein Erwachen wartet. Musik öffnet die Herzen.

Der ganze Saal war voller Engel. Keine Traumengel, so wie ich es bin, oder vielmehr gewesen war. Die Engel waren von hoher Gestalt und trugen helle, lange Gewänder. Ihre Gesichter sahen sich ziemlich ähnlich und sie hatten alle sehr helles Haar. Sie verströmten Reinheit und Liebe und die pure Lebensfreude. Sie wiegten sich zur Musik und ihre Gesichter strahlten dabei. Das sah aber vermutlich niemand außer mir.

Ella griff nach meiner Hand und so saßen wir während der Vorstellung da. Hand in Hand und völlig verzaubert von der Musik.

In der Pause blieben wir sitzen und sprachen leise über die Musik.

„Ich wusste, dass es dir gefallen würde!" In Ellas Worten schwang Triumph mit und ich nickte. Ich nahm ihre Hand und küsste sie. Der lange Schlitz an ihrem roten Kleid legte eines ihrer wohlgeformten Beine frei und ich starrte darauf. Langsam legte ich ihre Hand auf ihr nacktes Bein und ließ meine Hand ebenfalls dort liegen. Mit meinem Daumen fuhr ich sachte über die weiche Haut von Ella. Ihr Bein zuckte dabei leicht.

„Calisto!" Ella tat empört, doch ich wusste, dass sie meine Berührung genoss.

Dann klingelte es das erste Mal und die ersten Pausenbesucher kamen zurück an ihren Platz. Ich verzog leidend, aber grinsend mein Gesicht und Ella lachte.

Die Vorstellung war leider viel zu schnell vorbei. Und ich dankte im Geiste dem Herrn Bach von Herzen für seine grandiose Musik.

Wir tranken in einer kleinen Kneipe noch etwas und dann gingen wir nach Hause. Wir mussten etwa ein halbe Stunde laufen. Es war dunkel und die Nachtluft war noch warm.

Beschwingt gingen wir ins Haus und schlossen sorgfältig die Tür. Ich stand an der Treppe und wollte in mein Zimmer hoch gehen, als ich zu Ella sagte:

„Danke für diesen Abend! Es war atemberaubend!"

Ella stand da, in ihrem roten Kleid und den hoch aufgetürmten Haaren und sah mich unsicher an. Dann sagte sie:

„Cal, bitte lass mich heute Nacht nicht allein. Bitte! Ich will bei dir sein."

Sie ging auf mich zu und nahm meine Hand und so gingen wir hinauf in ihr Schlafzimmer.

„Was muss ich tun Ella?" Ich freute mich, doch ich hatte keine Ahnung, was ich tun sollte.

„Du musst gar nichts tun Cal. Tu einfach das, was du tun möchtest. Alles darf sein und nichts muss. Ich möchte bei dir sein, dich spüren, dich fühlen."

Ich stand vor Ella und ich sah plötzlich das kleine Mädchen von früher in ihr: Ängstlich und unsicher, verloren und einsam.

Meine Arme umschlossen sie und sie drängte sich an mich. Ich küsste sie sachte und zärtlich auf den Mund und sie erwiderte meine Küsse mit verzweifelter Intensität.

Sie streifte mein Sakko von meinen Schultern und warf es zu Boden, knöpfte mein Hemd auf und zog es mir aus. Es landete ebenfalls auf dem Boden. Dann liebkoste sie meine Haut, fuhr an meinen Rippen entlang und strich sanft an meiner Wirbelsäule hinauf. Und ein süßer Schauer lief über meinen Rücken. Etwas Wildes, unbezähmbares erwachte in mir.

„Cal, du weißt was ein Mann und eine Frau zusammen tun? Sag, weißt du das?"

Ella wich bei ihrer Frage einen kleinen Schritt zurück und sah mich an.

„Ich habe kurz davon in Tatis Buch gelesen, das er mir mitgegeben hatte. Ich verstand es nicht, oder vieles davon nicht. Es war ja auch nur Theorie.

Und ich habe mich immer gefragt, was das ist, diese Sehnsucht nach dir, nach

Berührungen, nach mehr. Was ist dieses Mehr? Ehrlich gesagt, weiß ich eigentlich gar nichts darüber."

„Dann lassen wir jetzt die Theorie hinter uns, mein himmlischer Freund!"

Ella griff in ihre Haare und zog ein paar Haarnadeln heraus und ihre Haare ergossen sich in einer blonden Flut über ihren Rücken.

„Mach mir bitte das Kleid auf Cal."

Sie zog ihre Haare zur Seite und drehte mir den Rücken zu. Und ich knipste meinen Verstand aus und folgte meinem Herzen.

Vorsichtig zog ich den Reißverschluss herunter. Ella schubste die dünnen Träger von ihren Schultern und das Kleid folgte meinem Sakko und dem Hemd auf den Boden. Sie stand in roter Unterwäsche vor mir. Ich glaube, so etwas habe ich noch nie gefühlt, geschweige denn gesehen, wie in diesem Moment.

Ich sah die unglaubliche Schönheit ihres Körpers, der mich magisch anzog. Doch ich sah auch ihre Verletzlichkeit und die Sanftheit, die sie umgab. Sie war in diesem Moment eine Königin, meine Königin.

Ella kickte ihre schwarzen Pumps mit einem Wums von ihren Füssen und begann wieder, mich zu küssen. Ihre Küsse waren heiß und fordernd, doch sie ließ mir Zeit.

Meine Hände glitten über ihren Körper und ich musste die Zähne zusammen beißen, um nicht vor lauter Wonne aufzuheulen wie ein Wolf. Ich wollte sie um keinen Preis der Welt erschrecken und sie von ihrem Tun abhalten.

Ich strich über ihre Haut, küsste die kleine Mulde an ihrem Schlüsselbein und fuhr mit meinen Händen durch ihre blonde Haarflut.

Mit einem Handgriff öffnete Ella den Verschluss ihres BH`s und ich hielt die Luft an.

Ich spürte zwischen meinen Beinen etwas, das ich so noch nie gespürt hatte und hielt inne.

„Alles ist gut Cal. Das muss so sein. Mach weiter mein Geliebter!"

Ella griff nach meinen Händen und legte sie auf ihre nackten Brüste. Ich spürte das Leben darunter, die kleinen Knospen, die in meinen Händen wuchsen und dann erblühten.

Ich hätte ewig meine Hände dort liegen lassen können. Es fühlte sich so wohlig an. Eine tiefe Zärtlichkeit überkam mich. Ich öffnete meine Hände und küsste die Knospen und Ella durchfuhr ein Schauder.

Ella zog mich aufs Bett und forderte mich auf, ihr die Strümpfe auszuziehen. Ich tat es und ich empfand eine tiefe Freude über ihr Vertrauen. Dieser Abend hatte tatsächlich mit Vertrauen zu tun. Natürlich auch mit körperlicher Anziehung. Doch letzteres geht meiner Meinung nach ohne das erste nicht.

Ihren Slip zog sie sich selbst aus und dann sah sie mich an und meinte schelmisch:

„Jetzt du! Alles ausziehen!"

Ich knöpfte meine Hose auf, die Schuhe hatte ich schon abgestreift, bevor wir uns auf das Bett legten. Es war mir ein wenig peinlich, doch Ella schien nicht auf mich zu achten. Sie schüttelte gerade ihre Haare mit zurückgelegtem Kopf. Unsicher schaute ich an mir hinunter. Sie sagte „ja, alles" und so seufzte ich und legte alles ab.

Ella hatte die Bettdecke zurück geschlagen und zog mich zu sich unter die Decke. Dann schmiegte sie sich an mich und ich fühlte ihre nackte Haut auf meiner. Es war so schön, ein Mann zu sein, stellte ich gerade fest. Ella liebkoste und küsste mich und ich tat es ihr gleich. Ich streichelte ihre Brüste und hielt sie in meinen Händen und war einfach glücklich.

So lagen wir eng zusammen, erkundeten einander und waren zufrieden. Der Morgen dämmerte schon, als wir müde einschliefen. Eine Hand von mir lag auf der Brust von Ella. Ich fühlte mich geborgen und sehr glücklich. Die vergangenen Stunden waren unbeschreiblich schön. Wir taten in dieser Nacht nicht, was Männer und Frauen noch so tun in diesem Zustand. Ella sagte, dass es Zeit hat.

In diesen frühen Morgenstunden, als ich eingeschlafen war, träumte ich einen Traum, der sich mir auf ewig in mein Herz brannte:

Pelias, mein Traumengel-Bruder, stand auf einem hell leuchtenden Stern im dunklen Universum. Er schüttelte den Kopf und lächelte:

„Du hast es geschafft! Gratuliere! Dein Traum hat sich erfüllt. Doch du weißt Cal, du weißt es – dein Traum wird vergehen und wir sind wieder das, was wir sind. Und Ella, sie wird weiter leben und dich nie vergessen."

Der helle Stern verlosch vor meinen Augen und Pelias mit ihm. Es herrschte tiefe, dunkle Nacht und eine unheimliche Stille. Von weit her hörte ich jemanden schreien, weinen. Es war ein Kind.

Und dann plötzlich saß ich in einer blühenden Wiese voller bunter Blumen. Ich hörte die Bienen summen und sie sausten brummelnd an mir vorbei zur nächsten Blüte. Ich sah mich um. Es war wunderschön hier und so friedlich. Ich sog den Duft der blühenden Blumen in meine Lungen und war begeistert. Da hörte ich hinter mir ein feines Surren und neben mir tauchte die kleine Fee aus dem Wald auf.

Ihr hübsches Gesicht war gerötet und ihr Mund zu einem schmalen Strich geschmolzen. Sie schien verärgert zu sein, vielleicht sogar über mich?

„Mein Gott Cal! Was ist so toll daran, ein Mensch zu sein? Das bringt nur Ärger ein, wirst schon sehen! Sie hat dein Herz gestohlen! Schon mal daran gedacht, was passiert, wenn sie es dir nicht mehr zurück gibt?"

Die Sonne schien vom azurblauen Himmel auf mich herab und ich zuckte mit den Schultern, als ich der Fee antwortete:

„Ja und? Ich gab es ihr freiwillig. Nur so funktioniert Liebe. Ich werde nie bereuen, was ich tat."

Dann bebte die Erde unter mir und ich befand mich inmitten einer dahin rasenden Büffelherde. Ich sah ihren Atem aus den Nüstern strömen, als sie dahin jagten. Auf einem der Büffel saß Ella und ihr langes, blondes Haar wehte im Wind hinter ihr her.

Die Büffelherde wirbelte Staub und Erde auf mit ihren donnernden Hufen und sie strebten einem Abgrund zu. Er war tief, zu tief, um zu überleben, wenn man über die Kante trat. Und dahin galoppierte die rasende Büffelherde.

Ich war wie gelähmt, konnte nur zusehen, was unausweichlich passieren würde.

Und so war es: Büffel für Büffel verschwand im Abgrund – bis auf einen. Ella saß auf dem schnaufenden Büffel am Abgrund und strich ihm beruhigend über das nass geschwitzte Fell. Die Augen des Büffels waren weit aufgerissen und so dunkel, wie der Meeresgrund. Ella sah hinab in die unendliche Tiefe und weinte über all die anderen, die hinab gestürzt waren. Dann sagte sie mit fester Stimme:

„Kein Abgrund kann mich jemals davon abhalten zu träumen. Ich werde nicht abstürzen, in keinen Abgrund der Welt, denn ich durfte ihn lieben. Er zeigte mir, dass immer ein Weg vom Abgrund weg führt. Ich muss nur stehen bleiben, meine Kräfte sammeln und den neuen Weg suchen."

Ich wurde wach, weil sich Ella in meinen Armen bewegte. Sie murmelte etwas, das ich nicht verstehen konnte, drängte sich noch dichter an mich und schlief wieder ein.

Und ich starrte an die Decke. Kleine Staubkörnchen tanzten in der aufgehenden Sonne. Der Traum war noch so fühlbar, so nah bei mir, wie Ella.

Natürlich wusste ich, dass mich Tati eines Tages wieder zurückholen würde. Ich hoffte, dass er uns noch ein wenig Zeit schenken würde. Bei diesem Gedanken erschien in der Ecke des Zimmers ein helles, gleißendes Licht. Es tat in den Augen allerdings nicht weh, im Gegenteil. Ich wusste, dass es Tati war. Und ich hörte seine Stimme aus dem Licht:

„Mein wunderbarer Calisto! Es bleibt dir noch genug Zeit, um zu vollenden, was zu Ende gebracht werden muss."

Das Licht verlosch und auch ich schlief beruhigt wieder ein.

Überraschungen

Als Ella wieder arbeiten war und am Abend heim kam, wedelte sie mit einer Zeitung in der Hand vor meiner Nase herum.

„Schau mal!" Sie schien begeistert zu sein.

Sie ging zum Küchentisch und breitete die Zeitung vor uns aus. Da sah ich das Bild schon: Ella und ich am Abend des Theaterbesuches bei Herrn Bach.

„Hübsch wir beide! Nicht wahr? Ich verstehe nur nicht, warum du auf dem Bild so normal aussiehst. Ich sehe dich anders. Ist doch merkwürdig?"

Sie hatte eine Hand am Kinn und rieb darüber. Ich sah mir das Bild genauer an und sie hatte recht. Aber es wunderte mich nicht. Ich wusste zwar nicht, wie das funktionierte, aber es war so. Vielleicht eine Sicherheitsvorkehrung von Tati.

Ella sah auf dem Bild hinreißend aus und ich neben ihr, wie ein ganz normaler Mann mit Zopf am Hinterkopf. Man sah mein himmlisches Erbe nicht. Ella konnte es sehen und spüren, das wusste ich.

Ich faltete die Zeitung wieder sorgfältig zusammen und legte sie in die Mitte des Tisches.

Ihre Frage beantwortete ich ihr nicht. Denn ich wusste es ja auch nicht.

Ella begann vor sich hin zu summen und öffnete den Kühlschrank für unser Abendessen.

Dann geschah etwas völlig unerwartetes:

Es klingelte an der Tür. Ella und ich sahen uns an und zuckten synchron mit den Schultern. Ella ging zur Tür, um zu öffnen.

Da standen drei Männer und ich sah sofort, dass sie aus meiner himmlischen Familie stammten. Ella bemerkte es auch. Sie trat zur Seite und nickte den Dreien zu.

Einer von ihnen fing zu sprechen an:

„Guten Abend, mein Name ist Petrus. Der da ist Thomas und dann ist da noch Judas."

Ich war sprachlos. Ella war mehr als das. Sie wankte zum Küchentisch und setzte sich geräuschvoll auf einen der Stühle. Ich winkte die Drei herein und setzte mich ebenfalls auf einen Stuhl. Es waren gerade noch drei übrig. Wie passend.

„Wir haben ein wenig Durst und wären dankbar für ein Glas Wasser." Petrus meinte, sie hätten schließlich einen langen Weg hinter sich und dabei zwinkerte er mir zu.

Ella schlug ihre Hände vors Gesicht und schüttelte den Kopf.

Ich stand auf und brachte ihnen drei Gläser und drei Flaschen Wasser. Die Männer kannte ich nicht. Also hätte jeder an die Türe klopfen können. Und Namen kann sich jeder ausdenken. Auch wenn ich ihre himmlische Herkunft erkannte, war ich doch ratlos.

Thomas nahm eine Flasche und goss die Gläser halbvoll.

„Nun zeig es ihnen Petrus!" Judas lächelte Petrus fröhlich an „Sie glauben uns nicht. Und wenn einer das verstehen kann, dann wohl ich." Judas verdrehte bei seinen Worten die Augen zur Decke.

Petrus nickte und legte einen Finger an sein Glas. Und plötzlich färbte sich das Wasser rot.

„Kannst probieren", wandte sich Petrus an mich „Ein guter Tropfen, wirklich. Den Trick hab ich von einem, der es perfekt beherrschte." Petrus warf einen belustigten Blick in die illustere Runde und zwinkerte uns dabei fröhlich zu.

Ella blickte mich ungläubig an und meinte dann:

„Warum seid ihr hier? Was tut ihr in meinem Haus?"

Da ergriff Judas das Wort:

„ER meinte, wir könnten mal nach euch sehen. Doch es gibt keinen besonderen Grund dafür. Halt – stopp! Vielleicht doch einen! Ehrlich gesagt waren wir neugierig auf euch beide."

Mein linkes Augenlid fing zu zucken an.

„Warum ihr Drei?"

Petrus Stimme war sehr sanft, als er antwortete:

„Keine Ahnung Cal. Warum nicht, ist die bessere Frage."

In Gedanken rief ich nach Tati, doch er antwortete mir nicht. Ich saß mit Ella und drei von zwölf Aposteln am Küchentisch und ich sah mir die drei genauer an. In der Küche war es mucksmäuschenstill.

Petrus hatte eine Jeans an und ein buntes Hemd mit kleinen Fischen drauf. Sein Gesicht war braun gebrannt und sein Alter konnte ich nicht schätzen. Er sah irgendwie alterslos aus. Er hatte stahlblaue, vor Vergnügen blitzende Augen und langes, angegrautes Haar.

Neben ihm saß Thomas. Er wirkte jünger als Petrus, jedoch war es auch bei ihm schwierig, eine Altersangabe zu wagen.

114

Er hatte braune Haare, die ihm locker über die Schultern fielen. Auch seine Augen glänzten vor Freude. Seine Kleidung war leger und unspektakulär.

Und dann Judas. Als mein Blick ihn traf, schaute er auf und direkt in meine Augen. Judas hatte feuerrotes Haar, ebenfalls länger. Und Sommersprossen. Sein Mund war eine gerade Linie, doch auch seine Augen strahlten hell. Er trug als einziger einen sportlichen Blazer.

„Nun", ich rang um Worte „Was fangen wir denn jetzt nun an?"

Petrus schlug vor, einen Ausflug zu machen. Er meinte auch, die Dunkelheit der Nacht würde uns dabei nicht stören.

Ella sah mich an und ich sah Ella an. Sie hob die Augenbrauen und kräuselte ihre Nase ein wenig, dann nickte sie.

„Prima", meinte Petrus.

„Schließt eure Augen. Keine Sorge, nur für einen Augenblick. Thomas und Judas werden an eurer Seite sein."

Gehorsam schlossen Ella und ich unsere Augen und dann spürte ich eine Hand auf meiner Schulter.

„Ihr könnt die Augen schon wieder öffnen",
sprach Petrus gut gelaunt.

Ich wusste, dass im Himmel so einiges
möglich ist, was für einen Menschen
utopisch erscheint. Ich, als Traumengel
hatte Erfahrung damit. Doch ich konnte mir
vorstellen, wie Ella sich fühlen musste. Ich
schlug die Augen auf und suchte Ella. Sie
stand genau neben mir und griff in diesem
Moment nach meiner Hand. Ihre Augen
waren weit offen, mehr als erstaunt.

Sanft zog ich sie zu mir, bis wir uns
berührten und küsste sie beruhigend auf
den Mund. Sie vertraute mir, das wusste ich
mit Gewissheit.

Ella beugte sich zu meinem Ohr und
flüsterte:

„Was machen wir hier??? Ich glaube, ich
träume!"

Ich flüsterte zurück, dass ich echt keine
Ahnung hatte. Vielleicht gab es ja im
Himmel auch mal Langeweile.

Dann sah ich mich um. Wir standen inmitten
einer grandiosen Landschaft mit Bergen,
Wiesen und Wäldern. Vor uns lag ein
grünblau schimmernder See. Er war perfekt
in die Landschaft geschmiegt und ein Ende
konnte ich nicht sehen. Nur die Berge, die
ihn begrenzten.

„Na, dann mal los!" Petrus schien begeistert zu sein und wir gingen zum Ufer des Sees, denn dort lag ein Ruderboot gut vertäut.

Nacheinander stiegen wir ins Boot und Thomas und Judas schoben es vom Ufer ins Wasser und sprangen dann schnell selbst noch hinein.

Petrus nahm die Ruder und stach sie gekonnt ins Wasser.

„Was tun wir hier Petrus?" Meine Frage hing in der Luft, wie eine Spinne im Netz auf Beutefang.

Petrus ließ die Ruder los und wir trieben auf dem See dahin.

Gedankenverloren sagte er:

„All die Fische sind im Wasser. Man sieht sie von hier aus meist nicht. Ab und zu ein Schillern und Glitzern. Das war`s. Aber sie sind da. Das Wasser ist hin und wieder klar und man sieht ein Stück weit ins Wasser hinein. Doch bei Sturm ist alles undurchdringlich. Es scheint keinen Boden zu geben, nur aufgewühltes Wasser mit Schlamm vom Grund. Und doch ist das Wasser Lebensraum und Heimat. Es scheint manchmal unheimlich und gefährlich, bereit einen zu verschlingen. Man muss es verstehen lernen, um sich nicht zu fürchten und satt zu werden."

Thomas sah uns an, dann Petrus und meinte verdrossen:

„Sie verstehen dich nicht mein Freund. Sie zweifeln am Gehörten, obwohl ihrer Seele die Bedeutung klar und deutlich inne wohnt. Doch wie könnte ich sie verurteilen? Ich, der Zweifler vor dem Herrn? Es gibt keine Sicherheit."

„Ach komm schon", schaltete sich da Judas ein. „Sie brauchen immer eine Bestätigung, vertrauen nicht auf ihr Gefühl. Und es muss was kosten, sonst ist es wertlos in ihren Augen. Wir könnten ja für diese Fahrt hier etwas verlangen. Eine gute Idee, finde ich. Mit der Verwaltung von Geldern kenne ich mich aus." Er spitzte die Lippen und ein lauter Pfiff ertönte, der über den See hallte und von den Bergen zurück geworfen wurde.

Petrus sah die beiden traurig an:

„Seid still Freunde. Niemand ist perfekt. Auch wir nicht. Unsere beiden Gäste hier im Boot, sie sind anders. Sie sind auch nicht perfekt, doch sie haben etwas entdeckt, dass sie reich macht: die Liebe füreinander. Und das ist der Anfang von allem und die Welt verändert sich ein bisschen. Durch Liebe wachsen der Mut, das Vertrauen und die Vergebung. Hier braucht es keine Sicherheiten und keine Garantie. Das ist nicht nötig. Es geschieht einfach."

„Und das Begehren wächst ebenso", flüsterte ich.

„Auch da kenne ich mich aus – Habsucht ist auch eine Art von Begehren und ohne echte Liebe wird man schnell zum Verräter."

Judas sprach sehr langsam, wie zu sich selbst.

Ella zupfte mich am Ärmel und sah mich fragend an. Klar, für sie war es schwer, das alles zu verstehen. Ich konnte die Drei fühlen und ich wusste natürlich, wie es im Himmel zuging. Wir durften an etwas teil haben, dass in die Kategorie „Wunder" gehörte. Ich glaube nicht, dass es an meinem himmlischen Erbe lag, das Verstehen. Dennoch vereinfachte es die Sache. Genau genommen hat jeder Mensch und alles, was lebt, ein himmlisches Erbe. Das ist der große Plan von Tati. Nichts geht verloren und der Tod ist nicht das Ende.

Da griff Petrus wieder nach den Rudern und das Boot nahm Fahrt auf. Wir glitten übers Wasser und niemand sagte mehr einen Ton.

Petrus hielt plötzlich inne im Rudern und Thomas und Judas hielten eine Hand ins Wasser und lächelten dabei.

Mitten auf dem See schlossen wir wieder auf Bitte von Petrus die Augen und als wir sie dann auf machten, befanden wir uns in der Küche von Ella, auf den Stühlen sitzend. Petrus, Thomas und Judas waren nicht mehr da. Nur die drei Gläser verrieten, dass sie kurzzeitig hier Gäste waren.

Ich griff nach dem Glas von Petrus und nahm einen Schluck des roten Weines. Dann schnalzte ich mit der Zunge und sagte zu Ella:

„Wow – ein wirklich guter Tropfen! Er hatte recht!"

Und Ella erwiderte:

„Er hatte nicht nur damit recht Cal."

Explosion

Es war schon spät und Ella gähnte. So gingen wir Hand in Hand hinauf ins Schlafzimmer. Ella zog sich aus, bis sie nichts mehr trug, als ihre Haut. Ich sah ihr dabei gebannt zu. Sie lächelte mich an und sagte „Jetzt du!" und half mir, meine Kleidung los zu werden.

So standen wir uns gegenüber und obwohl wir beide recht müde waren, verpuffte diese Müdigkeit im Nu.

Ella strich mir zärtlich übers Gesicht und murmelte „Ich liebe dich". Ich griff in ihren Nacken und zog sie ganz nah zu mir und erwiderte ihre Worte „Ich liebe dich auch Ella und ich danke dir für deine Liebe!"

Dann küsste ich sie und umschlang sie mit meinen Armen. Ihre Brüste klebten auf meiner Haut und wir saugten aneinander, wie zwei Ertrinkende. Meine Knie wurden weich und so hob ich Ella hoch und legte sie aufs Bett. Ihre Augen glänzten in der Dunkelheit und sie fragte mich:

„Bist du bereit für das, was kommt, mein Geliebter?"

Und ich nickte mehrmals. Ja. Ich überließ mich dem Strom, der uns erfasste. Mit Worten kann ich nicht beschreiben, was die nächsten Stunden mit mir anstellten.

Es war wie ein Rausch - der Gefühle, der Liebe, der Begierden, der Zärtlichkeit und der absoluten Hingabe.

Wenn wir uns erschöpft in den Armen lagen und der Schweiß an unseren Körper haftete, sahen wir uns glücklich an und freuten uns, dass die Nacht noch nicht zu Ende war.

Ella lehrte mich, wie ich sie glücklich machen konnte. Eine ganz neue Erfahrung für mich, dass Körperlichkeiten dazu führen konnten. Glück in Form von Berührungen. Ich weiß, das klingt hölzern, aber für mich als ehemaliger Traumengel, war dies die atemberaubendste Erfahrung. Nie hätte ich gedacht, dass Menschen solch wundervolle Stunden haben können. Intimität von Liebe getragen, von Respekt und Hingabe umhüllt und mit Vertrauen aufgefüllt – ein Wunder für mich.

Wenn Ella tagsüber im Krankenhaus war, hatte ich viel Zeit zum Nachdenken. Ich kaute auf meiner Unterlippe. Irgendwann würde alles vorbei sein. Schon jetzt zerriss dieser Gedanke mein Herz. Und ich konnte doch nicht immer nur hier in Ellas Haus sitzen und auf sie warten.

Ich kochte für Ella und mich das Abendessen, wenn sie müde von der Arbeit kam. Wir gingen viel spazieren im Wäldchen, gleich nebenan und wir saßen gemeinsam im Licht der untergehenden Sonne auf der Holzbank vor dem Haus.

Wir sprachen miteinander und Ella erzählte mir ihre Geschichte. Nach und nach. Sie war eine wunderschöne Frau mit einem großen Herzen, doch ihre Vergangenheit hatte sie geprägt. Manchmal schreckte sie in der Nacht auf und wimmerte. Dann nahm ich sie in die Arme und tröstete sie.

Ella würde Zeit brauchen, vielleicht ihr ganzes Leben, um all die Dinge zu verarbeiten und sie anzunehmen als das, was sie waren: Vergangenheit. Sie würden immer ein Teil von ihr sein. Aber irgendwann würde es nicht mehr schmerzen und die Narben, die blieben, würde sie mit Stolz tragen. Denn sie war nicht zerbrochen daran, sondern gewachsen.

Unsere Nächte waren leidenschaftlich und sinnlich. Ich konnte nicht genug davon bekommen. Ellas Körper war hinreißend und meiner reagierte entsprechend darauf. Es gab immer wieder Neues zu entdecken an uns und unsere Küsse schmeckten nach mehr. Ich konnte eine Ewigkeit nur damit verbringen, ihr Gesicht mit Küssen zu bedecken, sie zu streicheln oder sie nur anzusehen. Wir lachten zusammen, waren albern und ernst, schweigsam und plapperfreudig.

Manchmal lag sie aber einfach nur neben mir, so, wie Gott sie geschaffen hatte. Wir sahen uns nur an und waren glücklich über die Nähe des anderen. Dann legte ich eine Hand auf ihre nackte Brust und so schliefen wir ein.

So gingen die Tage dahin, es wurden Wochen und Monate daraus.

Und eines Tages veränderte sich alles. Von jetzt auf gleich. In diesem Augenblick wurde mir bewusst, wie schnell sich ein Menschenleben verändern konnte. Und nichts und niemand sind in der Lage, die Zeit zurückzudrehen, um den Dingen einen andern Lauf geben.

An diesem Morgen wurde ich wach. Einfach so. Als hätte sich ein Schalter in mir umgelegt - von schlafen zu wach werden. Ich schüttelte meinen Kopf und rieb meine Augen. Zu tief befand ich mich noch im Schlaf. Dann tappte ich suchend mit einer Hand auf Ellas Seite. Sie war nicht da.

Ich wurde blitzschnell wach. Wo war Ella? Schwungvoll stellte ich meine Beine vors Bett und suchte nach einem Shirt. Ich fand keines. Komisch. Am Abend vorher hatte ich es doch ausgezogen und direkt vors Bett geworfen. Ella und ich – die halbe Nacht hatten wir damit verbracht, uns in den Armen zu halten. Wie Ertrinkende. Erst jetzt fand ich das seltsam.

Ich hatte Ella wild geküsst und ihre Brüste liebkost. Manchmal griff ich auch hart nach ihr und schreckte vor mir selbst zurück. Bisher gab es außer Zärtlichkeit nichts zwischen uns.

Jetzt wurde mir klar, dass mein Körper letzte Nacht schon etwas wusste, dass ich nun erst begreifen konnte. Auch Ella hatte sich in verzweifeltem Verlangen an mich gepresst und ihre Küsse waren lang und hingebungsvoll. Wir hatten uns mehrmals geliebt diese Nacht und Ella hatte dabei geweint. So – als wäre es das letzte Mal.

Als ich am großen Spiegel vorbei ging, erschrak ich bis ins Mark: mein Spiegelbild – also ich – war kaum noch sichtbar. Die Konturen meines Körpers verschwammen mit dem Umfeld im Schlafzimmer. Manchmal flackerte ein Körperteil von mir noch kurz auf und verschwand dann wieder im Nichts.

Oh Tati!!! Jetzt – war jetzt wirklich schon der Zeitpunkt gekommen?

Ich machte mich auf die verzweifelte Suche nach Ella. Am Schluss rannte ich nur noch durch das Haus und schrie ihren Namen.

Als ich erschöpft und außer mir vor das Haus trat, schwirrte die kleine Fee auf mich zu. Sie blieb in der Luft – direkt vor meinem Gesicht, hängen. Ihre Arme hatte sie in die

Hüften gestemmt und ihr Gesichtsausdruck war missbilligend.

„Und – hat sich das Ganze jetzt gelohnt? Schau dich doch an? Erbärmlich!"

Dann fielen ihre Arme schlaff an ihr hinunter und ihr Gesicht wurde weich. Ihre Augen schwammen in Tränen und sie flüsterte:

„Cal, Cal – ich werde dich vermissen. Ich neige mein Haupt vor deinem Mut. Von dieser Liebe, die du erfahren durftest, träumen die Menschen."

Ich setzte mich auf die kleine Holzbank vor dem Haus und Tränen liefen unaufhörlich über mein Gesicht. Ella … Ella … ich liebe dich, schrie mein Herz.

Die kleine Fee stellte sich auf mein Knie und sah mich verzweifelt an. Ihre Flügel vibrierten leise dabei. Sie kam näher und wischte mit ihrer kleinen Hand meine Tränen fort und ihre Worte waren nun mitfühlend und zart:

„Es nützt nichts. Du löst dich immer mehr auf. Du musst nach Hause gehen. Tati ruft dich."

Ich sah sie an:

„Wird sie mich vergessen? Wird diese Zeit aus ihrem Gedächtnis verschwunden sein, so wie ich jetzt verschwinde?"

Diesen Gedanken konnte ich kaum ertragen.

Die Fee schüttelte den Kopf:

„Nein Cal. Ella wird sich an alles erinnern können, genauso wie du."

Sie strich mir liebevoll über die Wange und ich hörte sie flüstern:

„Du wirst dir noch wünschen, dass du nichts mehr weißt ... dass das Vergessen dich umhüllt und dir Frieden schenkt."

Dann flog sie davon. Selbst das Schwirren ihrer Flügel klang traurig.

Wo gehöre ich hin?

Als ich erwache, ist es dunkel. Erwachen ist eigentlich der falsche Ausdruck dafür. Ich fühle keinen Körper mehr, jedoch den Verlust von Ella. Ich bin weder müde, noch hungrig. Doch ich spüre mein nicht mehr vorhandenes Herz, das in tausend Stücke zersplittert ist und nach Ella schreit.

Soll dies jetzt mein Daseins-Inhalt sein? Der vernichtende Schmerz nach Ella? Dann möchte ich lieber alles vergessen. Denn worin liegt der Sinn, wenn ich alles besessen habe, was man sich nur wünschen kann, um dann alles wieder zu verlieren?

Und ich beginne nach Tati zu rufen. Ich schreie seinen Namen, ich bettle und flehe, bin laut und leise, bin beleidigend und zornig. Und ich kann nicht aufhören damit.

Plötzlich beginnt die Dunkelheit zu leuchten. Jedes dunkle Molekül verwandelt sich in einen leuchtenden Stern und versammelt sich in einer Leuchtkugel. Begleitet wird dieser Vorgang von einem tiefen, wirklich sehr tiefen brummen. So tief, dass man es kaum mehr hören, sondern nur spüren kann. Ich vibriere, schwinge mit in dieser Frequenz.

Und ich winde mich, krümme meinen Körper, den ich nicht mehr habe, den nur mein Herz noch spüren kann. Und auch dieses habe ich nicht mehr.

Ich weiß, Tati ist da. Er leuchtet vor mir und ich schwinge in seinen Tönen mit ihm. Ich bin so verzweifelt. Wohin gehöre ich nun?

„Zu mir Cal – immer!", ich höre Tati tief in meiner Seele. Und dann:

„Es gibt Aufgaben für dich. Ich weiß, du bist zutiefst unglücklich jetzt. Doch vor seinen Aufgaben kann man nicht davonlaufen."

Als ob mir das jetzt helfen könnte.

„Du brauchst wieder Zeit, um hier, bei mir anzukommen."

Und ich heule auf, wie ein verwundeter Wolf. Mein Sein ist zerrissen. Ich kenne nun beide Welten. Bin in beiden gewandelt und habe meine Erfahrungen gemacht. Ich bin ein Wanderer, ohne Wurzeln. Ich habe einen Traum träumen dürfen und jetzt bin ich ein Gefangener beider Welten.

Tatis Worte sind so sanft, wie der Flügelschlag eines Schmetterlings.

„Als du ein Mensch warst – da musstest du dich umgewöhnen. Wir und die Menschen bewegen uns in unterschiedlichen Frequenzen, die sich jedoch immer wieder kreuzen und begegnen und manchmal auch eine Zeitlang synchron verlaufen. Alles ist entstanden aus einem Universum und ist kompatibel. Ich habe mir für die Schöpfung und das Sein viel Zeit genommen. Es ist perfekt."

Mir scheint, dass Tati sehr zufrieden klingt.

„Aber ich wollte noch nicht zurück!" Zugegebenermaßen klinge ich anklagend.

„Ich weiß Cal. Du wolltest ein Mensch sein und ich habe es dir erlaubt."

Tati und ich schwingen in der Unendlichkeit und ich weigere mich, dort anzukommen, wohin ich eigentlich gehöre.

„Ich liebe sie", flüstere ich verzweifelt.

„Ja, ich weiß Calisto. Und Ella liebt dich auch. Ihr hattet eine wundervolle Zeit zusammen. Das ist alles, was zählt. Du wirst nie mehr der Gleiche sein, wie vorher. Das ist Wachstum. Die Menschen wollen immer Sicherheiten. Sie dealen sogar manchmal mit mir deswegen. Aber das bringt nichts. Es gilt die schönen Momente im Herzen zu bewahren und aus den anderen Zeiten zu lernen und sich weiterzuentwickeln. Die Menschen kreieren ihr eigenes Universum und das wird ihre Welt, ihre Wahrheit sein. Im Grunde steuern sie ihr Leben selbst und machen mich dafür verantwortlich. Es gibt Gesetzmäßigkeiten, Dinge, die nicht verhandelbar sind, die dem Prozess „Menschsein" zugrunde liegen. Deine Zeit war begrenzt Cal – wie auch die Lebenszeit eines Menschen begrenzt ist."

Natürlich verstehe ich Tati. Naja, zumindest ein bisschen. Ich versuche es erneut:

„Aber warum jetzt schon Tati? Warum musste ich jetzt schon zurück? Sie ist ganz allein ohne mich …"

Und Tati leuchtet heller denn je, als er mir antwortet:

„Sie ist nicht allein Cal. Du hast ihr ein Geschenk hinterlassen. Ein Geschenk, dass sie ewig an dich erinnern wird und das sie genauso liebt, wie dich. Vielleicht sogar noch ein bisschen mehr."

Ich verstehe es nicht. Wie meint Tati das?

„Besuche sie heute Nacht im Traum mein Freund. Dann wirst du verstehen."

Und dann, als es Nacht ist bei den Menschen, gehe ich zurück in das kleine Haus am Rande des Waldes. Alles ist mir noch so vertraut. Es gibt für mich als Traumengel keine Hindernisse. Und so kann ich zu Ella gelangen, ohne dass eine Tür oder Mauer mich aufhält.

Es ist dunkel im Haus. Nur der Mondschein, der durchs Fenster fällt, erhellt ein wenig die Nacht. Nicht, dass ich Licht brauchen würde. Nein, das sicher nicht. Doch es sieht bezaubernd aus. Das fahle Mondlicht zaubert einen Lichtstrahl und man könnte fast meinen, dass er stabil genug wäre, um darauf zum Mond zu gelangen. Eine himmlische Leiter ohne Stufen.

Ich weiß nicht, wie viel Zeit hier bei den Menschen vergangen ist, seit dem ich wieder bei Tati bin. Ich fühle mich sonderbar. Als ich das letzte Mal hier war, war ich noch ein Mensch. Ich fühle zwar nicht mehr wie ein Mensch, doch ich kann mich an das Gefühl erinnern. Ich bin aufgeregt, als ich durch das Haus schwebe.

Da es Nacht ist, schaue ich in Ellas Schlafzimmer. Ja. Sie liegt im Bett und die Decke hüllt ihren wunderschönen Körper ein. Ihr Gesicht ist entspannt. Ich beuge mich über sie, als sie plötzlich zuckt und ihr Gesicht wirkt mit einem Mal angespannt. Sie schläft aber immer noch.

Und dann murmelt sie meinen Namen, immer wieder flüstert sie „Cal, Cal", und sie wirft sich unruhig im Bett hin und her. Mein nicht vorhandenes Herz krampft sich zusammen und ich möchte sie an mich drücken und ihr sagen, dass ich doch hier bin, bei ihr. Doch das geht nicht. Nicht mehr.

Ella stöhnt und ist unruhig. Sie wälzt sich im Bett umher und die Decke, die auf ihr liegt, rutscht vom Bett hinunter. Und dann sehe ich ihren Bauch.

Es ist riesengroß und gewölbt. Ella hat eine Hand auf ihm liegen und sie zieht die Beine an, als hätte sie Schmerzen. Noch immer verstehe ich nicht.

Doch dann fällt mein Blick auf die Wiege, die dicht bei ihrem Bett steht. Ich pralle zurück. Natürlich hat mir Ella erklärt, was passieren kann, wenn ein Mann und eine Frau sich sehr nah kommen. Leider habe ich dieses Kapitel in Tatis Büchlein nicht mehr lesen können, da ich es bei dem Unfall verloren hatte.

Und weder Ella noch ich glaubten daran, dass wir ein Kind zeugen konnten. Deswegen haben wir daran keinen Gedanken mehr verschwendet.

Ich bin ein Engel. Und ich war eine Zeit lang ein Mensch. Ein richtiger Mensch. Mit allem drum und dran.

Vorsichtig ziehe ich mich zurück und kann es kaum ertragen, jetzt weg zu gehen. Doch ich muss mit Tati sprechen.

Ella bekommt ein Kind. Von mir. Dessen bin ich mir sicher. Und ich kann nicht bei ihr sein. Als Mensch. Als Mann.

„Tati!!!!", mein Schrei durchdringt das Universum und ich wünsche mir, dass ich weinen kann. Das all der Schmerz, den ich empfinde, dass er abfließen kann, weg von mir.

Ich höre seine Stimme:

„Cal. Du hast es also entdeckt. Mensch sein ist nicht immer einfach. In jeder Tat steckt Verantwortung. Es ist ein Kind der Liebe. Und das ist das größte Geschenk."

Die Zeit steht still und blickt mich verstohlen an. Als warte sie nur darauf, dass ich platze oder dergleichen.

Und Tati fährt heiter fort:

„Ich glaube fast, du bist noch immer mehr Mensch, als Engel. So was aber auch!"

Mit quasi hängenden Schultern stehe ich da. Wie soll das jetzt nur weiter gehen? Und in diesem Moment wünsche ich mir, dass ich niemals den Wunsch gehabt hätte, ein Mensch zu werden. Und noch weniger wünsche ich mir, dass Tati mir diesen erfüllt hat. Erfahrungen und Wissen sind manchmal eine Last. Und ich frage mich, wie die Menschen ein ganzes Leben damit umgehen, ja, damit tatsächlich leben können. Oder – wie die kleine Elfe gesagt hat: alles vergessen, sich an nichts erinnern, wäre eine Erlösung.

„Ich kann dich alles vergessen lassen Cal", wendet sich Tati erneut an mich, „alles in Bezug auf Ella. Du würdest dich an nichts mehr erinnern. Deine Welt wäre praktisch wieder in Ordnung. Es wäre, als hätte es Ella nie gegeben. Überleg es dir."

Und dann ist Tati fort. Und ich? Ich bin zerrissen, verzweifelt. Ich könnte den leichten Weg gehen. Würde keine Erinnerungen an die Geschehnisse auf der Erde haben. Auch nicht an die wunderbaren Momente mit Ella. Ich würde vergessen, wie ich ihr begegnet bin, wie wir uns verliebt haben und wie ich Intimität mit ihr entdecken und erleben durfte. Ich würde mich nicht mehr daran erinnern, wie gern wir zusammen gelacht haben, wie ich sie im Arm hielt, wenn sie traurig war. Keinen Gedanken mehr an den Abend im Theater. Und nicht mehr das Gefühl in der Erinnerung aufleben lassen, wenn ich ihre Haut berührte, sie küsste, ihre Brüste liebkoste und in ihrem Schoss Frieden und Ruhe fand.

Will ich das wirklich alles vergessen? Meine Ella, meine Liebe.

Und ich erinnere mich daran, wie Ella einmal zu mir gesagt hat:

„Mein Weg war schwer und ich war oft verzweifelt und einsam. Bis du in mein Leben gekommen bist, Cal. Damals, als ich klein war, als mein Traumengel. Und jetzt als Mann. Hätte ich vorher irgendwann einmal aufgegeben vor lauter Qual und Schmerz, so hätte ich diese Zeit jetzt mit dir, niemals erleben können. Du gabst mir die Kraft, um weiter zu machen. An das zu glauben, was wichtig für mich ist. An meine Träume. Auch als ich alleine erwachsen wurde, war diese Zeit mit dir, als ich noch ein Kind war, mein ständiger Begleiter. Also, wenn ich mich aufgegeben hätte, wäre nichts von dem passiert, seit dem du als Mensch hier bei mir bist. Und dafür hat sich jeder steile und steinige Weg gelohnt. Wir wissen nie, was alles möglich gewesen wäre, passieren hätte können, wenn wir aufgeben. Deswegen kämpfe und kämpfte ich – für ein besseres Morgen."

Ja. Tati hat schon recht. Ich war irgendwie immer noch ein Mensch. Dieses Erleben war in mir gespeichert.

Denn wer einmal Honig gekostet hat, dem wird es nicht mehr reichen, Bienen nur fliegen zu sehen.

Ich höre Tati lachen, als er sagt:

„Oh Cal, du bist ja ein richtiger Poet geworden!"

Als ob ich ein Poet sein wollte … Ich wollte Honig, wollte daran kleben bleiben. Wollte wieder ein Mann sein und mein Kind in den Armen halten und sehen, wie es groß wird.

Doch ich darf auch nicht vergessen, wie unendlich großzügig Tati schon meinen Wunsch, ein Mensch zu sein, erfüllt hatte. Ich will gewiss nicht undankbar sein, im Gegenteil. Doch der Gedanke an das Kind in Ellas Bauch, raubt mir meine Ruhe. Ich liebe es schon jetzt.

Da hat Tati mir gesagt, er könne mich noch einmal als Mensch auf die Erde schicken. ER sah meine Verzweiflung und wie es mich zerriss. Doch der Haken dabei wäre, dass es dieses Mal kein Zurück mehr gäbe.

Er sagte:

„Manchmal erlaube ich Engeln, auf der Erde zu bleiben und Kinder zu zeugen. Es tut den Menschen gut. Es wird dann ein wenig heller auf der Erde."

Ich treibe durch Raum und Zeit und Tati lässt mich gewähren.

Natürlich ist mir klar, dass Tati schon alles weiß, was passieren wird. Doch er lässt mich meine Entscheidungen selbst treffen. Er übergibt mir die Verantwortung. Und er hat recht: ich bin nicht mehr der absolute Traumengel. Zu viel ist passiert durch die Erfüllung meines sehnlichsten Wunsches. Das ist auch so was: wenn sich ein lang gehegter Traum erfüllt, ist der Weg danach nicht mehr derselbe und nicht immer reibungslos und einfach. Im Gegenteil. Ich glaube, Wünsche wachsen in uns, weil genau diese Wünsche uns Schritt für Schritt weiter bringen. Sie ermöglichen die Entwicklung, die genau richtig und wichtig ist.

Und natürlich ist meine Entscheidung schon längst gefallen. Ich möchte zu Ella und meinem Kind. Ich möchte Mann und Vater sein. Auch wenn ich dann niemals mehr zurück kann. Ich weiß trotzdem, dass Tati immer da sein wird und all meine Freunde dort. Ich werde nie allein sein, meine Seele gehört Tati.

Und dann ist es soweit. Pelias und Minuette sind da. Und auch alle anderen. Ich spüre ihre Liebe und ihr Wohlwollen. Sie nehmen mich in ihre Mitte und so verharren wir eine Zeit lang. Es fällt mir schon schwer, sie zu verlassen. Doch der Sog, dieser immense Drang, bei Ella und meinem Kind zu sein, ist einfach noch größer.

Und dann gleite ich ganz sanft in mein neues Leben.

Rückkehr

Und wieder erwachte ich aus einem gefühlt langem Schlaf. Ich lag auf weichem Moos und strich mit der Hand darüber und ein glückliches Lachen breitete sich in mir aus und schallte durch die Bäume. Die Sonne war am untergehen und es sah aus, als glühten die Bäume um mich herum.

Als ich mich aufsetzte, sah ich sie. Die kleine Fee war auch wieder da. Sie saß auf einem Stein, hatte die Beine übereinander geschlagen und ihre Augenbrauen saßen am Haaransatz, soweit hatte sie ihre Augen aufgerissen.

„Na endlich!" Ihre Stimme hatte den Klang von rostigem Stahl.

„Hast du eigentlich eine Ahnung, wie lange ich hier schon warte, bis du endlich deine Augen aufmachst? Das hat ja nun gedauert! Meine Güte – als Mensch bist du ziemlich plump."

Sie war ja schon immer schnippisch gewesen, doch jetzt übertraf sie ihre Bestmarke noch. Ich ignorierte das Schnippische einfach und lächelte sie an. Ich war einfach zu glücklich. Denn ich war zurück – als Mensch bei Ella.

Die Flügel der Fee begannen zu schwirren und sie flog direkt vor mein Gesicht. Plötzlich war ihre Stimme warm und weich:

„Sie wird sich freuen, dass du wieder da bist. Mein Gott – wird sie sich freuen! Und die Kleine …".

Abrupt schlug sie sich eine Hand vor den Mund. Doch natürlich hatte ich gehört, was sie gesagt hatte. „Die Kleine" Also hatte ich eine Tochter. Anscheinend war die Zeit hier auf der Erde im Nu verflogen und ich war ganz aufgeregt.

„Du darfst nicht mit der Tür ins Haus fallen", riet mir die kleine Fee. „Sonst kriegt Ella einen mächtigen Schrecken und fällt um. Und es gibt da noch ein anderes kleines Problem. Aber ich will nichts gesagt haben. Du wirst das alles selbst herausfinden. Na denn – viel Spaß!"

Vor meiner Nase machte sie eine Kehrtwende und düste eilig in die hereinbrechende Nacht davon.

Ich stand langsam auf und schüttelte mich. Zuerst musste ich mich orientieren. Doch ich wusste, dass ich im Wäldchen, ganz nah bei Ellas Haus war. Dann suchte ich nach dem Pfad, der durch den Wald führte, direkt zu Ellas Haus. Es wurde immer dunkler im Wald und ich beschleunigte meine Schritte. Als Mensch sah ich im Dunkeln nichts.

Endlich lag das kleine Häuschen vor mir. Es brannte Licht drinnen und ein zarter Schimmer drang nach draußen und wehrte sich gegen die hereinbrechende Nacht.

Leise und voller Vorfreude lief ich darauf zu und dann stand ich vor dem Fenster, aus dem der warme Lichtschein heraus fiel. Vorsichtig schob ich mein Gesicht vor das Fenster und schaute ins Wohnzimmer von Ella.

Es war alles noch so, wie ich es in Erinnerung von damals hatte. Das breite, rote Sofa. Die alte Stehlampe und der weiche, braune Teppich.

Dann – ich hielt die Luft an – sah ich ein kleines blondes Mädchen. Sie war etwa vier Jahre alt und spielte auf dem Boden mit Puppen. Und nun erschien Ella. Sie hatte ihre langen, blonden Haare am Hinterkopf zu einem dicken Zopf zusammengebunden und sie lachte und drehte ihren Kopf zur Seite.

Und mir war, als bliebe mein Herz stehen.

Plötzlich sah ich den Mann, dem sie zugelächelt hatte. Er war groß, mit breiten Schultern und er hätte als Mr. Universum durchgehen können. Entweder war er Baumfäller oder er ging jede Woche sieben Mal ins Fitness-Studio.

Er hatte ebenfalls blondes Haar und ein sympathisches Lächeln. Seine Haare waren nur etwas dunkler, als die von Ella. Er ging auf Ella zu und legte einen Arm um sie und beide blickten lächelnd auf das kleine Mädchen, das selbstvergessen auf dem Boden saß und mit ihren Puppen spielte.

Daran hatte ich nie gedacht. Das Ella einen anderen Mann in ihrem Leben haben könnte. Ich fühlte Schmerz in meiner Brust, in meinem Herzen. Wie konnte sie nur?

Doch andererseits natürlich – woher sollte sie wissen, dass ich jemals wieder auftauchen würde? Ich durfte ihr deswegen keinen Vorwurf machen. Doch der Schmerz blieb.

Ich wendete mich ab vom Fenster. Wo sollte ich jetzt nur hin? Da hineingehen, konnte ich auf keinen Fall. Doch ich ging zur Tür und legte auf den Fußabstreifer eine weiße Feder nieder. Ella würde wissen, was sie bedeutet.

Und dann ging ich zum Gartenhäuschen, das in einer Ecke des Grundstückes stand. Es war alt und bräuchte schon lange einen neuen Anstrich. Die Tür öffnete sich nur zögernd und quietschte erbärmlich dabei. Behutsam, um nicht zu viel Lärm zu machen, zog ich sie auf.

Ich schloss alle Vorhänge und zündete eine Kerze an. Gott sei Dank kannte ich mich hier noch aus und wusste, wo die Streichhölzer und Kerzen waren. Es stand ein altes Bett hier und ich legte mich hinein und schloss gequält die Augen. Meinen Hunger, der meinen Magen knurren ließ, ignorierte ich.

Dann schlief ich ein. Im Traum besuchte mich Pelias.

„Cal, Cal – du kannst nun nicht mehr zurück zu uns! Wie willst du denn nun weiterleben? Ach Cal – wärst du doch nur bei uns geblieben."

Als ich morgens aufwache, dachte ich mir genau das gleiche, was Pelias im Traum zu mir gesagt hatte. Was habe ich mir nur eingebildet? Das ich oder besser gesagt wir, da weitermachen konnten, wo wir aufgehört hatten? Wie naiv war ich eigentlich?

Ich schwang meine Beine aus dem Bett und stützte meinen Kopf in beide Hände. Meine Ellbogen ruhten auf meinen Knien und ich war ratlos und traurig. Mein Hunger meldete sich wieder. Was sollte ich denn jetzt nur tun? Ohne Hilfe konnte ich als Mensch nicht lange existieren. Ich hielt meine Hände vors Gesicht und spürte Verzweiflung und Angst, die mein Innerstes empor kroch.

Plötzlich und völlig unerwartet und mit einem lauten Knall krachte die Türe des

Gartenhäuschens auf. Die frühe Morgensonne schien warm herein und im Türrahmen stand Ella. Sie sah aus, als hätte sie einen Marathonlauf hinter sich oder als wäre sie vor einem aggressiven Bären geflüchtet. Ihr Haar hing wirr um ihren Kopf, ihre Augen waren weit aufgerissen und ihr Atem ging stoßweise.

Sie stand nur da und ihre Augen suchten das Innere des Raumes ab. Dann wurde sie fündig, sah mir direkt in die Augen und ich stand langsam vom Bett auf. Meine Schultern hingen nach vorne. Ich sah bestimmt schrecklich aus.

Meine Gefühle fuhren Achterbahn und meine Augen füllten sich mit Tränen. Sie sah immer noch aus, so wie ich sie damals verlassen musste. Wunderschön. Vielleicht ein wenig erwachsener. In ihrem Gesicht war etwas, ein Wissen, eine Wahrheit – ich konnte es nicht genau benennen. Sie war jetzt eine Mutter und verantwortlich für einen kleinen Menschen. Ja. Ich glaube, das war es. Sie war noch stärker und mutiger geworden.

Und Ella ging einen Schritt nach dem anderen auf mich zu. Ganz langsam. Sie streckte einen Arm nach mir aus und als sie nah genug war, berührte sie meine Schulter. Immer wieder. Als könne sie nicht glauben, was sie sah.

Sie sagte kein Wort, kam näher und berührte mit ihren Fingern mein Gesicht. Ihre Augen schwammen ebenfalls in Tränen und kullerten ihre Wangen hinab und sie war fassungslos.

Dann schlang sie ihre Arme um mich und ich tat es ihr gleich. Wir klammerten uns wie Ertrinkende aneinander und Ella schluchzte wild. Ihr Körper drängte sich an mich und wir fielen rückwärts zurück ins Bett. Sie bedeckte mein Gesicht mit Küssen und ihre Hände glitten über meinen Körper, so als könne sie immer noch nicht fassen, dass ich wieder da war.

Aus meiner Kehle kam ein verzweifeltes Stöhnen und ich umschloss mit meinen Händen ihr Gesicht und küsste sie. Wild und ungehemmt. Meine Zunge streichelte über ihre Lippen und ich saugte an ihrem Mund – schmecke den Honig, nach dem ich mich so sehr verzehrte.

„Du bist zurückgekommen ..." Ihr Flüstern verschwand in ihrem Schluchzen. Und ich drückte sie an mich und nickte.

Ich erklärte ihr in kurzen Worten, dass Tati mich zurückgeholt hatte und was dann geschehen war.

Und ich sagte:

„Ich weiß von unserem Kind Ella. Sie ist so wunderschön wie du. Wie ist ihr Name?"

Ella richtete sich abrupt auf und ihr Blick ging ins Leere, als sie leise sagte:

„Als du weg warst – ich war so verzweifelt und dann, nach ein paar Wochen wusste ich, dass ich schwanger war. Ich freute mich, doch ich hatte auch Angst. Ohne dich. Wie sollte ich das schaffen? Und du hast mein Herz mitgenommen und ein riesiges Loch hinterlassen. Mir blieb nichts anderes übrig, als einen Tag nach dem anderen zu leben und zu hoffen, dass du wiederkommen würdest. Meine Hoffnung schwand mit jedem Tag der verging. Ich war allein. Ihr Name ist Angel. Als sie geboren wurde, lächelte der Himmel und ich wusste, dass sich jeder Tag lohnen wird. Sie ist dir so ähnlich."

Ellas Blick wendete sich wieder mir zu und ich wischte ihr die Tränen vom Gesicht.

Meine Stimme war rauh und ich klang bitter:

„Es gibt einen anderen Mann in deinem Leben. Ich habe ihn gestern Abend durchs Fenster gesehen. Er hatte einen Arm um dich gelegt."

Mein Mund war ein dünner Strich und ich fühlte das erste Mal Eifersucht. Ich spürte, wie sie nagte in mir und in meinen

146

Eingeweiden empor kroch, wie ein wildes Tier, das die Freiheit sucht.

Meine wunderschöne Ella stutzte einen Moment und begann dann zu lächeln:

„Du bist ja eifersüchtig und du glaubst wirklich, dass ich nach dir einen anderen Mann haben konnte? Ehrlich? Cal, so denkst du von mir?"

Ich war irritiert. Und ich bat sie, es mir zu erklären.

„Du hast gestern meinen Bruder und mich gesehen. Ich habe dir nie von ihm erzählt. Er war lange fort. Matti ging vor langer Zeit fort von hier, denn er konnte es nicht mehr aushalten. Ich habe ihn damals angefleht, mich mitzunehmen. Doch ich war noch zu jung und er konnte mich nicht mitnehmen. Und kurz nach dem du gegangen warst, kam er zurück. Das war wie ein Geschenk für mich. Seit dem besucht er mich und die Kleine sehr oft. Er liebt sie sehr und Angel hängt an ihm. Er weiß von dir, aber nicht, wer du wirklich bist. Heute früh hat er sie in den Kindergarten gebracht. Ich muss später noch arbeiten gehen. Er holt sie dann auch ab und heute bleibt sie bei ihm und seiner Freundin Lyn. Er bringt sie erst morgen Abend wieder zu mir."

Alle Last fiel in diesem Moment von mir ab und ich war erleichtert. Leise sagte ich „Bitte verzeih mir", und Ella nickte.

„Komm mit ins Haus hinüber. Du hast bestimmt Hunger. Komm."

Sie nahm meine Hand und zog mich durch den Garten ins Haus. Dann machte sie mir Frühstück und während ich aß, sah sie mich unverwandt an.

Wir sprachen wenig. Ich musste nicht nur das Frühstück verdauen.

„Ich muss Matti und Angel von dir erzählen. Dass du wieder hier bist. Dafür brauche ich ein wenig Zeit. Matti kann etwas – nun aufbrausend sein. Er ist sehr impulsiv. Ich muss meine Worte sorgfältig wählen."

Kauend blickte ich auf zu ihr und nickte, als Ella fort fuhr:

„Und dann müssen wir überlegen, wie unser Leben aussehen wird. Du tauchst ja quasi aus dem Nichts auf. Und du brauchst etwas zu tun, eine Arbeit."

Ella war in Gedanken weit weg. Ihr Blick hing an der Decke der Küche. Ich wusste, dass sie recht hat. Wir mussten noch einige Probleme lösen. Mein plötzliches Auftauchen war schwer zu erklären. Ich hatte aufgehört, zu essen und starrte auf meinen Teller.

„Darüber machen wir uns später Gedanken Cal. Du bist hier - das ist das Allerwichtigste. Warte einen Augenblick …"

Ella stand auf und ging hinaus, kam jedoch ein paar Minuten später wieder zurück und sagte strahlend:

„Wir haben den ganzen Tag, die ganze Nacht und morgen auch noch mal den ganzen Tag für uns! Ich habe mich im Krankenhaus krank gemeldet."

Und mit einem Mal spürte ich einen Hunger in mir, der nichts mehr mit dem Frühstück zu tun hatte.

Ellas Augen leuchteten und sie zog ihre Unterlippe durch die Zähne. Dann tippte ihre Zungenspitze an ihre Oberlippe und sie lächelte mich an.

Und ich – ich hob sie schwungvoll hoch und trug sie ins Schlafzimmer. Ella legte ihre Arme um meinen Hals und schmiegte sich an mich. Ich spürte ihr klopfendes Herz und ich war ebenfalls aufgeregt, freute mich auf die Nähe und unser Tun. Auf die weiche, zarte Haut von Ella, ihre hübschen Brüste mit den roten Knospen, die in meinen Händen erst erblühten und auf ihre

Reaktionen, wenn ich mich mit ihr beschäftigte.

In diesem Moment fand ich es unschlagbar spannend und inspirierend, ein Mann zu sein. Doch Leben bedeutete natürlich weitaus mehr. Noch war mir das noch nicht so recht bewusst. In dieser Dimension bewegte ich mich noch unsicher, musste noch viel lernen.

Doch als Mann in Ellas Schlafzimmer hatte ich eine gewisse Gewandtheit und Aufmerksamkeit gelernt. Ella hatte es mir beigebracht. Damals. Sie war eine gute Lehrmeisterin und ich ein wissbegieriger Schüler. Vor allem der praxisnahe Unterricht gefiel mir sehr. Ich staunte und lachte, ich befolgte Ellas Anweisungen und wurde mutiger. Das war eine umwerfende Zeit damals.

Ich legte Ella auf das große Bett und zog mich vor ihr aus. Sie sah mir dabei aufmerksam zu. Ella selbst hatte nicht viel an. Ein knielanges Shirt. Das war`s. Ich beugte mich über sie und fuhr mit meiner Hand an ihrem Schenkel hinauf. Ihre Haut war so warm und sie zitterte ein wenig. Ich glaube, es lag nicht an der Temperatur. Mit einer Hand umschloss ich eine Brust und drückte sanft zu und Ella sagte „Mach schon Cal – du warst einfach zu lange fort!"

Ella griff nach mir und ich zerriss das Shirt, das sie trug, mit einem Ratsch und sie lachte dabei ein helles, glückliches Glockenlachen.

Wunderbare Zeiten

Bis Angel am nächsten Abend wieder kam, hatten wir viel Zeit für Gespräche. Doch wir suchten auch immer wieder die Nähe des anderen, verschmolzen miteinander und sahen uns dabei in die Augen.

Ich war so gespannt auf meine Tochter. Ella erzählte mir von ihr:

„Sie trägt ihren Namen nicht umsonst. Du glaubst nicht, was für eine magische Wirkung Angel auf die Menschen hat. Sie verzaubert alle. Du wirst es später ja erleben. Allerdings muss ich erst mit Matti alleine sprechen. Ihn auf dich vorbereiten. Und Angel – ach ich glaube, bei ihr wird es unkompliziert sein."

Ella schaute mich mit einem schiefen Grinsen an. Das konnte ja heiter werden! Ich würde wieder ins Gartenhäuschen gehen, wenn Matti die Kleine zurückbrachte. Und dann warten. Ich konnte mir ja schon vorstellen, dass mein Erscheinen für Aufregung sorgte.

Die Zeit verging im Nu und schon war es Zeit, im Gartenhaus zu verschwinden. Natürlich schaute ich zum Fenster hinaus, als die beiden kamen und auf das Haus zugingen. Matti hatte Angel an der Hand und sie trippelte mit kleinen Schritten auf ihre Mutter zu, die in der offenen Eingangstüre stand.

Was sie sprachen, konnte ich natürlich nicht hören. Doch bevor sie alle im Haus verschwanden, sah ich noch, wie Angel in ihre Hände klatschte und vor Freude auf und ab hüpfte. Matti verhielt sich wie das genaue Gegenteil: er schüttelte nur die ganze Zeit den Kopf.

Na bravo, dachte ich mir und das Warten fiel mir unheimlich schwer. Es dauerte auch noch eine gefühlte kleine Ewigkeit. Ich hörte laute Stimmen, die meinem Unterschlupf immer näher kamen.

Matti schrie „Wo ist das Arschloch?", und ich hörte Ella beschwörend sagte:

„Matti, beruhige dich! Es ist alles in Ordnung!"

Dann wieder Matti:

„Das nennst du alles in Ordnung??? Er lässt dich schwanger einfach sitzen und hat dann nach vier Jahren die Dreistigkeit, einfach wieder aufzutauchen? Das nennst du in Ordnung?"

Matti schnaufte wie ein wütender Stier. Ich hörte das bis hierher. Also stand ich auf und öffnete die Tür. In diesem Moment standen beide bereits vor mir. Und bevor ich auch nur einen Pieps von mir geben konnte, holte Matti aus und versetzte mir einen Kinnhaken, der mich zu Boden streckte. Ich hörte gerade noch Ella mit schriller Stimme „Nein Matti - nicht!!" rufen, dann wurde es schwarz um mich.

Als ich langsam wieder zu mir kam, lag ich auf dem Bett. In meinem Kopf brummte es, wie in einem Bienenhaus.

Matti und Ella saßen am kleinen Tisch auf Holzstühlen. Ich hörte sie leise miteinander reden.

„Es ist nicht so, wie du denkst Matti!"

„Dann sag mir, wie es ist."

„Das ist das Problem. Du würdest es mir nicht glauben."

Matti fuchtelte wild mit seinen Armen durch die Luft und ich hörte Ella zischen „Du lässt ihn in Ruhe! Verstanden?"

Ich musste kurz husten und beide sprangen auf und standen dann vor mir. Ella beugte sich zu mir hinunter und streichelte über meine Haare und Matti sah mich vernichtend an.

„Hallo Matti, du hast eine umwerfende Art jemanden zu begrüßen. Ich bin Cal."

Ich hatte mich aufgerichtet und hielt meinen Kopf schief. Er tat höllisch weh und meine Nase auch. Als ich sie anfasste, hatte ich Blut an den Händen. Mit körperlichen Schmerzen kam ich noch nicht so gut zurecht. In der Welt der Engel gibt es das nicht.

Andererseits hat ein Körper und dem damit verbundenem Spüren auch seine Vorteile. Wenn ich da an Ella dachte, wurde mir jetzt noch heiß und ich vergaß dabei fast meine Kopfschmerzen. Also kommt es dabei eindeutig auf die Art der Befindlichkeit an.

Ellas Blick war wachsam auf uns beide gerichtet.

Ellas Bruder knurrte mich an:

„Wehe, du tust ihr wieder weh. Dann kommt noch schlimmeres, als das gerade eben."

Ich winkte ab und schüttelte den Kopf.

Ella griff nach Mattis Ärmel und zog ihn aus dem Gartenhäuschen. Kurz darauf war sie wieder bei mir.

„Entschuldige Cal. Matti ist ein Hitzkopf und er kennt nicht die ganze Wahrheit. Ich konnte sie ihm nicht erzählen. Komm, wir gehen ins Haus. Angel schläft schon. Ich habe ihr für morgen eine Überraschung versprochen." Sie zwinkerte mir zu.

Ich saß im Wohnzimmer und Ella holte eine Schüssel warmes Wasser. Vorsichtig tupfte sie das Blut von meiner Nase. Mir war schwindelig und ich fühlte mich mitgenommen.

„Komm Cal, wir gehen zu Bett. Morgen ist ein neuer Tag."

Gerne folgte ich ihr. Ich war müde. Die jüngsten Ereignisse hatten ihre Spuren hinterlassen. Und meine Seele musste erst wieder vollständig diesen Wandel vollziehen. Von nur Energie und Engeldasein, in einem menschlichen Körper anzukommen, war keine leichte Angelegenheit.

Wir lagen im Bett, eng aneinander gekuschelt. Ella hielt eine Hand von mir ganz fest. Und so schliefen wir ein.

Am nächsten Morgen – die Sonne war noch nicht ganz aufgegangen, wachte ich auf. Ich fühlte mich benommen und mein Kopf dröhnte und schmerzte. Ich umfasste ihn mit beiden Händen und seufzte tief. Als ich dann aufblickte, sah ich vor dem Bett Angel stehen. Sie hatte ihren Kopf schief gelegt, so dass es aussah, als schliefe er auf ihrer Schulter. Ihre Arme waren vor ihrer Brust gekreuzt und ihre Augenbrauen bildeten einen geraden Strich.

„Wenn du die Überraschung bist, dann bin ich jetzt sehr gespannt!", sagte sie mit ernster Stimme.

Ich streckte einen Arm zu Ella aus und rüttelte sie an der Schulter. Diese Situation überforderte mich gerade. Ella grummelte leise vor sich hin, bis der schrille Ton ihrer Tochter sie vollends aus dem Schlaf riss:

„Mama - wer ist der Mann in deinem Bett?"

Für ihre vier Jahre war sie verbal ihrem Alter weit voraus.

Ella schoss wie eine Rakete hoch, strich sich die Haare aus dem Gesicht und sagte:

„Liebling, nun, ich habe dir doch erzählt, dass dein Vater fort musste. Noch bevor du geboren wurdest. Jetzt ist er zurückgekommen. Schau … Das ist Calisto, dein Vater."

Ella sah mich bedeutsam an und zuckte leicht mit den Schultern. Wahrscheinlich hatte sie sich unser Aufeinandertreffen anders vorgestellt und vor allem – das wusste ich von Ella – hätte sie ihre Tochter ein wenig schonender darauf vorbereiten wollen. Nun, es war nicht mehr zu ändern.

Wer jetzt denkt, dass Angel mir sofort um den Hals fiel und sich an mich drückte, den muss ich enttäuschen.

Der gerade Strich ihrer Augenbrauen wurde nun wellenförmig, die Arme vor ihrer Brust zog sie noch ein Tick höher und dann meinte sie:

„Und wo warst du vier Jahre lang?"

Irgendwo in der Ferne hörte ich ein dunkles, warmes Lachen.

Ich versuchte, meine Gedanken zu sortieren und dann sagte ich so feierlich, wie möglich:

„Angel, lass deine Mutter und mich aufstehen und dann frühstücken wir gemeinsam und reden. Okay?"

Die Arme vor Angels Brust sanken herab, die Augenbrauen entspannten sich und sie machte eine kleine Schnute und meinte „Okay". Dann verschwand sie aus unserem Schlafzimmer und ich sah Ella an.

„Unsere Tochter ist ziemlich erwachsen für ihr Alter, findest du nicht?" Fragend sah ich Ella an. Die nickte und erwiderte trocken, dass das bei weitem noch nicht alles ist. Jetzt zwinkerte sie mir zu und rollte sich auf meine Seite und ihre Hände glitten an meinem Körper auf- und abwärts und ich bekam wieder diese wunderbare Gänsehaut. Ich hielt sie fest in meinen Armen, küsste sie und strich zart über ihre Brüste. Ich liebte die beiden Hügel an ihr. Manchmal legte ich nur eine Hand auf eine

Brust und so schlief ich dann ein. Ich fühlte mich so geborgen in diesem Augenblick, behütet und geliebt.

Doch jetzt wartete Angel auf uns und ich überlegte mir schon krampfhaft, was ich ihr erzählen konnte. Ella hatte mir gesagt, dass sie Angel bei ihren gemeinsamen Gesprächen über mich, immer wieder versichert hatte, dass ihr Vater etwas ganz besonderes sei, wie sie selbst auch. Mehr nicht.

Angel hatte blondes Haar, wie ihre Mutter und strahlend blaue Augen. Sie war schon jetzt außerordentlich hübsch. Ella hatte ja erzählt, dass die Menschen dahinschmolzen, wenn Angel in ihrer Nähe war. Das war das himmlische Erbe von mir. Engelsenergie hat diese Angewohnheit – die Menschen sind angezogen von uns, suchen unsere Nähe, weil sie sich ungemein wohl fühlen. Ich glaube, dass ist die kraftvolle Energie der bedingungslosen Liebe und die Reinheit, die wir aussenden.

Wir gingen also hinunter und Angel saß schon am Küchentisch, den Kopf in eine Hand gestützt. Ihre Augen suchten den Blickkontakt zu ihrer Mutter. Als sie sah, wie glücklich Ella war, lächelte sie. Dann sah sie mich an.

„Du brauchst mir nichts zu sagen. Ich kann es spüren." Ihre blauen Augen leuchteten und jetzt, in diesem Augenblick, war sie kein vierjähriges, blondes Mädchen mehr.

„Er hat es mir gesagt", sie klang völlig ruhig und gelassen „ Der himmlische Paps hat mir gesagt, wer du bist und dass du damals fortgehen musstest. Ich verstehe das."

Dann stand sie auf, ging auf mich zu und streckte ihre Arme nach mir aus. Und ich fing sie auf, drückte ihren kleinen Körper an mich und spürte Glück und Liebe in seiner höchsten Form.

Angel umschlang mit ihren Armen meinen Hals und murmelte „Papa, Papa" und mir liefen die Tränen über die Wangen. Dabei presste sie sich so an mich, dass ich ihren Herzschlag spürte. Wir hielten uns umschlungen, als müssten wir die vergangenen Jahre jetzt auf der Stelle nach holen.

Plötzlich sagte Ella in die Stille hinein:

„Oh mein Gott! Ich fass es nicht! Ich kann eure Flügel sehen! Herr im Himmel, wenn ich nicht schon glauben würde, dann müsste ich es jetzt! Sie sind schneeweiß und durchscheinend. Und sie sind sehr groß!"

Und meine kleine Angel fing zu lachen an und flüsterte in mein Ohr:

„Papa, bleibst du jetzt bei uns? Bei Mama und mir?" Und ich nickte.

Ein neues Leben

Wir entwickelten eine Art Routine, einen Alltag. Ella ging nach wie vor ins Krankenhaus zur Arbeit. Ich kümmerte mich um das Haus. Dennoch fehlte es mir, eine Aufgabe zu haben. Und natürlich auch, finanziell für uns drei zu sorgen. Die Welt der Menschen war schon verrückt. Ich unterhielt mich oft mit Ella darüber. Wozu brauchte man denn Geld? Für mich war das der Krankmacher, der Irrsinn und Vernichter der Menschheit.

Und trotzdem - an manchen Tagen kam ich mir nutzlos vor und ich überlegte fieberhaft, was für eine Art von Arbeit ich tun konnte. Und ich bemerkte, dass ich schon viel mehr Mensch wie Engel war. Ich wollte auch Geld verdienen und Ella nicht allein die Verantwortung dafür überlassen.

Während ich Gemüse für das Abendessen schnippelte, schaute ich im Fernseher alles Mögliche an. Es langweilte mich schon nach kurzer Zeit. Ich brauchte eine Beschäftigung, bei der ich glücklich war und Geld verdiente. Nur was??? Ich konnte ja nichts vorweisen, hatte keine Papiere, keine Zeugnisse. Eigentlich existierte ich gar nicht. Damals, als ich das erste Mal als Mensch auftauchte, hatte Tati mir noch ein paar menschliche must have`s mitgegeben. Jetzt jedoch nicht.

Hin und wieder lief ich wie ein gefangener Tiger im Haus und Garten umher. Ich kam mir auch so vor. Ich konnte nirgends hingehen, weil ich mich in der menschlichen Welt so wenig auskannte. Und Fragen zu beantworten, na das war wirklich mehr wie schwer.

Mein Kopfkino lieferte mir da so einiges:

„Ach, Sie sind der Freund von Ella? Was machen Sie denn beruflich?"

„Also, ich war bis vor Kurzem noch ein Traumengel und habe die Träume der Menschen bewacht."

„Das ist ja interessant! Sie werden es nicht glauben, aber ich habe doch tatsächlich verstanden, dass Sie gerade gesagt haben, sie wären ein Traumengel gewesen! Ist das nicht lustig!"

Oder :

„Sie machen manchmal einen hilflosen Eindruck auf mich. So, als kommen Sie aus Papua Neuguinea hierher in die Zivilisation." Dieser Satz wird begleitet von lautem Gelächter.

Und dann ich:

„Da haben Sie gar nicht so unrecht, mein Freund. Da, wo ich herkomme, ist noch ein

163

wenig weiter weg, als dieses Papua Neuguinea. Sie haben ja keine Vorstellung, wie weit weg!" Das Lachen verstummt in diesem Augenblick.

Wenn abends Ella heim kam und Angel vom Kindergarten mitbrachte, saßen wir oft zusammen auf dem Boden und spielten mit unserer Tochter. Wir hatten viel Spaß dabei. Manchmal kletterte Angel auf meinen Schoß und schlief dann ein. Diese Augenblicke genoss ich sehr. Ella räumte in dieser Zeit die Küche auf oder ging duschen und ich hielt meine Tochter in den Armen und dankte Tati dafür.

Ihr warmer Körper, der vertrauensvoll an mich geschmiegt war und der leicht geöffnete Mund, berührten mein Herz. Ihre langen Wimpern warfen unruhige Schatten auf ihr Gesicht und ihr blondes Haar war wie ein Heiligenschein.

Ich liebte sie von ganzem Herzen. Mehr noch, als ich Ella liebte. Doch das war ja eine ganz andere Art von Liebe. Angel musste ihren Weg ins Leben noch finden und wir halfen ihr dabei, Wurzeln zu entwickeln.

Wenn Angel dann im Bett war und selig schlief, saß ich mit Ella im Wohnzimmer auf dem Sofa und sie erzählte mir von ihrem Tag. Ich hatte ja nun nicht so viel zu erzählen und so hörte ich ihr interessiert zu.

Manchmal verstummte sie auch im Satz, den sie gerade angefangen hatte und sah mich bedeutsam an. Dann kam sie ganz nah zu mir, strich sanft über mein Gesicht und murmelte „Das ist jetzt nicht so wichtig" und küsste mich zart auf den Mund. Ihre Lippen waren unheimlich weich und ich öffnete meinen Mund ein wenig und erwartete ihre neugierige Zunge.

Es endete meist damit, dass Ella mein Hemd aufknöpfte und mit der Hand über meine Brust strich und dann tiefer rutschte. Wenn sie gerade geduscht hatte, trug sie nur ein langes Shirt. Sonst nichts. Und ich erkundete ihren Körper jedes Mal aufs Neue. Das Shirt flog im hohen Bogen auf den Teppich und ich küsste jeden Millimeter ihrer Haut. Unsere Hände waren überall und kosteten dieses süße und köstliche Tun. Ich sage nur „Honig"!

Die körperliche Liebe war für mich ein Phänomen. Eines der erstaunlichsten Dinge am Menschsein, wie ich finde. Die Gefühle, die dabei erzeugt wurden, die Perfektion zwischen den Körpern, waren für mich staunenswert.

Ich konnte mich stundenlang mit Ellas Körper beschäftigen. Und immer wieder entdeckte ich Neues dabei. Wenn sie sich wohlig räkelte, wie eine zufrieden schnurrend Katze und mir dabei zusah, wie ich sie erkundete, dann fühlte ich mich wie ein kleiner Junge, der eine Zauberwelt für sich entdeckt hatte. Nur, dass ich niemals ein kleiner Junge gewesen war.

Wenn ich meine Tochter ansah, in ihrer Unschuld und Naivität, fing ich zu lächeln an und mein Herz machte ein paar Schläge mehr. Sie sprach oftmals mit der Luft, wie es schien. Doch ich wusste, dass da tatsächlich jemand war. Ihr Schutzengel begleitete sie jede Millisekunde. Er war wunderschön. Das sind Engel alle. Und eigentlich haben sie kein Geschlecht. Das tun sie nur für die Menschen.

Der Schutzengel von Angel war ein Teenager, also vom Aussehen her. Er sah wirklich sehr jung aus, hatte dunkles, verwuscheltes Haar und strahlend blaue Augen. Er trug eine ausgewaschene Jeans und ein buntes Shirt und Turnschuhe. Und er blinzelte mir zu. Seine Flügel ragten weit in den Himmel hinauf. Sie waren sehr groß und schneeweiß. Wenn wir im Haus waren und ich ihn sah, dann hörten seine Flügel einfach an der Decke oder Wand auf.

Ich fragte Angel einmal, ob sie ihn sehen konnte und sie sagte erstaunt:

„Aber natürlich kann ich ihn sehen. Du doch auch. Nur Mama nicht. Mama hat nur einmal unsere Flügel gesehen. Weißt du noch …?"

Diese Welt war mir so vertraut. Immer noch. Und ich fragte mich zum wiederholten Male, ob ich als Mensch bestehen konnte. Es war so, als würde ein Fisch auf einem Baum sitzen und sich wundern, was ihm denn so fehlte. Ich seufzte tief. Ist es manchmal vielleicht besser, einen Traum nur zu träumen, als ihn zu erleben?

Die Gänsehaut auf meinem Körper sagte da aber etwas ganz anderes:

„Diese Gefühle hättest du niemals haben können, ohne dass du zum Menschen wirst. Wenn du mit deinen Fingern über Ellas Haut streichst, sie küsst und deine kleine Tochter sich an dich schmiegt … Ist es das nicht wert? Das Gezwitscher der Vögel, ein Sonnenaufgang und der Regen, der ans Fenster prasselt … ein Regenbogen im Dunst der Sonne … so viel, was du versäumen würdest …"

Ich fühlte mich zerrissen. Ich wollte bei Ella und Angel bleiben. Doch ich wollte auch Frieden in mir finden.

An einem Abend – Angel war schon im Bett – überlegten Ella und ich, wie es weiter gehen sollte.

„Ich brauch etwas zu tun", meine Stimme klang resigniert.

„Aber du tust doch etwas – hier, bei uns zuhause. Du kochst, machst sauber, kümmerst dich um mich und Angel. Ahhh, und nicht zu vergessen um den Garten. Ist das denn nichts?"

Ella sah mich bittend an. Sie fühlte meine Not und wollte mir helfen und vielleicht hatte sie Angst, dass ich wieder fortgehen könnte. Doch da brauchte sie keine Sorge haben: Tati sagte, dass es dieses Mal endgültig sei. Also kein zurück.

Nachts lag ich oft wach und sah Ellas Gesicht an, wenn der Mond sein bleiches Licht ins Zimmer sandte. Sie war so schön und mein Herz schmerzte bei ihrem Anblick.

Meine Tage waren erfüllt von Liebe und doch waren sie alle gleich. Ich lernte nicht mehr viel. Nur das, was ich von Ella erfuhr oder was ich in Büchern las. Manchmal auch im Fernsehen, aber das war eher selten. Meine Tage wurden eintönig, es gab keine Herausforderungen mehr, ich verkümmerte und konnte mich nicht weiterentwickeln. Ich war ein Gefangener in der Welt der Menschen.

Für diese Erkenntnis brauchte ich vier Jahre. Angel wurde neun Jahre alt in diesem Sommer. Ich verbrachte viel Zeit mit ihr. Es waren wunderbare Tage. Angel war so klug und ihr himmlisches Erbe überstrahlte ihr Sein. Ihre kindliche Naivität und Weisheit dazu verströmten Harmonie und Wohlbefinden.

Und trotz alledem – meine Liebe zu Ella und Angel konnten nicht aufhalten, was kommen musste. Menschsein war so viel mehr, als in meiner Macht und Möglichkeit stand. Es machte mich traurig, dass ich in meiner Euphorie so vieles übersehen hatte bzw. gar nicht hab kommen sehen.

Aber wie denn auch? Entscheidungen können nur so getroffen werden, wie es mein Zustand der Erkenntnis, in dem ich mich gerade befinde, zulässt. Und da kann es eben gar nicht anders laufen. Sonst würde ich mich in diesem Moment ja anders entscheiden.

Also Tati würde mir jetzt sicher beipflichten, wenn ich sage, dass Entscheidungen und die daraus resultierenden Ereignisse mit Wachstum zu tun haben.

Aber ich verstand auch, dass es keine falschen Entscheidungen gab. Wenn die Erkenntnisse richtig waren, dann können wir nicht anders entscheiden. Und auch wenn die Entscheidung im Nachhinein nicht das Gelbe vom Ei war, so gibt es kein falsch. Denn aus Ereignissen entstehen wiederum Begebenheiten und so weiter und so fort. Daraus ist Erkenntnis, Wachstum und die bestmögliche Entwicklung möglich. Wenn wir es zulassen, erkennen und uns darauf einlassen.

Mir wurde schmerzlich klar, dass ich mir mein Leben als Mensch anders vorgestellt hatte. Und doch hätte ich mit niemanden auf der Welt getauscht. Ich wollte lieber dieses Leben als Mensch mit Ella und meiner Tochter. Die beiden waren der Inbegriff von Glück für mich geworden. Ich wollte sie niemals mehr verlassen. Und dafür würde ich alles geben.

Angel fragte mich immer wieder über mein „altes" Leben aus und ich erzählte ihr das, wovon ich dachte, dass es okay wäre. Bei Tati weiß man nie so recht. Er hat da völlig andere Maßstäbe als ich, scheint mir.

Natürlich sprach ich mit Ella darüber. Sie war meine einzige Bezugsperson in dieser Hinsicht. Ich spürte ihre Angst, mich zu verlieren. Und ich sagte ironisch zu ihr:

„Du weißt doch, dass ich hier nicht weg kann. Mach dir also keine Sorgen."

Heute weiß ich, dass von meinen ganz individuellen Nöten abgesehen, der Alltag und die Routine unsere Beziehung aufweichten. Ich hatte nie so viel zu erzählen, wie Ella, wenn sie abends vom Krankenhaus heim kam. Ich hatte nichts zu tun, das mich forderte und worauf ich wirklich stolz war.

Das wiederum war sehr menschlich von mir. Einzig die Nächte mit Ella, waren wie immer. Noch immer war es eine Wonne für mich, über ihre Haut zu streichen und ihr wohliges Brummeln dabei zu hören. Der einzige Unterschied war, manchmal eine greifbare Melancholie zu spüren.

Eines Abends kam Angel zu mir und sagte:

„Papa, können wir bitte in den Wald gehen? Nur wir beide? Du und ich."

Ich sah sie an und nickte.

So spazierten wir Hand in Hand los und Ella sah uns nach. Sie war immer in Hab-Acht-Stellung und auch ich spürte, dass etwas in der Luft lag. Und meine kleine Angel spürte es auch.

Wir waren schon ein paar Minuten unterwegs, als die kleine Elfe vor uns auftauchte. Sie schwirrte vor uns wie eine aufgeschreckte Hummel und sie umgab ein feiner Schein. Eine helle Korona, die ich vorher noch nie so bei ihr gesehen hatte.

Sie sank auf die Höhe des Gesichtes von Angel hinab und sah sie interessiert an.

„Wo sind deine Flügel?", fragte die Elfe Ella. Sie flog einmal um meine Tochter herum und sah sie neugierig an.

Angel zuckte lässig mit den Schultern und warf ein „Wer will das wissen?" in Richtung der Elfe.

Und die sonst so schnippische Elfe schlug sich eine Hand vor den Mund und meinte:

„Oh Entschuldigung! Man nennt mich Ivy. Mein richtiger Name ist sehr viel länger und ihr würdet ihn nicht verstehen, geschweige denn aussprechen können."

Ich war beeindruckt. Soweit war ich bei der Elfe noch nie gekommen und ich kannte sie ja schon eine Weile. Wahrscheinlich hätte ich sie nur einmal nach ihrem Namen zu fragen brauchen.

Angel nickte nun bedächtig und lieferte eine Erklärung für Ivy:

„Ich kann es beeinflussen. Die Flügel. Ob man sie sehen kann oder nicht. Die meisten Menschen tun sich eh schwer damit, einfach weil sie nicht glauben, was sie sehen. Als gäbe es meine Flügel nicht. Schade. Es wäre schön, wenn alles sein dürfte und keiner Zweifel an seiner Wahrnehmung hätte."

Endlich nahm Ivy auch mich zur Kenntnis:

„Sie ist wunderschön deine Tochter und sehr klug für ihr Alter." Sie nickte mir anerkennend zu und wandte sich dann wieder zu Angel:

„Ich wollte dich bitten, mir zu helfen. Es gibt da jemanden, da bin ich mit meinem Latein am Ende. Habe alles getan, was ich konnte, doch es reicht nicht. Willst du mir helfen Angel?"

Die kurze Ablenkung mit der Frage nach Angels Flügeln, schwappte im Nu in Besorgnis um. Die Elfe hatte es eilig.

Angel warf einen kurzen Blick zu mir und ich lächelte und so sagte sie zur Elfe „Klar doch!" und wir gingen in die Richtung, in der Ivy flog. Sie war immer dicht vor uns, denn es wurde jetzt schnell dunkel.

Ehrlich gesagt, war ich sehr gespannt, was da oder viel mehr, wer da auf uns wartete und die Hilfe von Angel brauchte.

Rettung in letzter Minute

Wir gingen tief in den Wald hinein und ich sah die Hand vor Augen nicht mehr. Ivy flog langsam und so hatten wir wenigstens ein wenig Licht vor uns.

Ich blieb an Sträuchern hängen und wäre ein paar Mal fast gefallen. Über unzählige Wurzeln stolperte ich hinweg und strauchelte, fing mich dann aber wieder. Von Angel hörte ich kein klagen. Sie fand sicher ihren Weg. Erstaunlich.

Dann – urplötzlich – tat sich eine Lichtung vor uns auf. Wie lange ich gestolpert und gelaufen waren – ich hatte keine Ahnung. Es können Minuten, aber auch Stunden gewesen sein.

Die Lichtung war getaucht in sanftes Licht, das der aufgehende Vollmond verströmte. Wir liefen durch das hohe Gras und dann sah ich es und hielt die Luft an.

Ich dachte zuerst, da würde ein weißes Pferd vor uns auf dem Boden liegen. Doch dann sah ich das gerade, lange Horn auf seiner Stirn. Aus seinen Nüstern stiegen kleine Wölkchen empor und ich hörte es schwer atmen.

Angel ging sofort auf die Knie vor seinen Kopf. Plötzlich kam aus dem Wald ein zweites Einhorn und trabte schnell auf uns zu.

Ivy, die kleine Fee, hob beschwichtigend die Hände und flog auf das erregte Einhorn zu. Sie sprach auf es ein und ich bemerkte, wie es ruhiger wurde und das Zittern seiner Flanken aufhörte.

Ich richtete meine Aufmerksamkeit wieder auf Angel. Sie streichelte über den Hals des Einhorns und ich hörte, wie sie leise mit ihm sprach.

Inzwischen war Ivy und das zweite Einhorn bei uns eingetroffen.

„Was ist passiert?", fragte ich.

Da hörte ich das Einhorn in meinem Kopf sprechen:

„Wir leben hier in diesem Wald. Schon viele Jahrhunderte. Es war nicht immer leicht, doch jetzt liegt meine Gefährtin im Sterben. Zu viel Energie hat sie verloren, um auszugleichen, was hier im Wald und bei den Tieren an Schaden angerichtet wird. Die Menschen denken zu wenig nach. Sie hat keine Kraft mehr, denn sie hat zu viel gegeben. Und auch meine Kraft schwindet."

„Kann Angel ihr helfen?" Ivy sah mich gespannt an und ich zuckte mit den Schultern. Ich wusste es nicht. Sie war doch noch ein Kind und ein bisschen ein Engel.

Wir gingen zu ihr und dem Einhorn, das auf dem Boden lag und immer noch schwer atmete.

Ich fühlte mich so hilflos. Als Mensch konnte ich nicht viel ausrichten hier. Und meine Flügel waren jetzt nutzlos. Mein Herz zog sich schmerzvoll zusammen und ich spürte die Tränen, die mein Gesicht nass machten.

Ivy saß auf dem Rücken des anderen Einhorns und presste ihre kleinen Hände auf ihren Mund. Nichts mehr an ihr war schnippisch oder herablassend. Sie wirkte einfach nur entsetzt und unendlich traurig.

Wir schauten gebannt auf Angel. Ihre Hände, die auf dem schneeweißem Fell des Einhorns gelegen hatten, hob sie ein wenig an, so dass eine Handbreit Luft zwischen dem Fell und ihren Händen war. Und dann strömte mit einem Mal goldenes Licht aus ihren Händen direkt in das Einhorn. Es sah geisterhaft aus – das Einhorn und meine Tochter, verbunden mit einem schillernden und gleißenden Lichtstrahl.

Das stehende Einhorn stubste das am Boden liegende mit seiner samtweichen Schnauze an, wohl in der Hoffnung, dass es dann wieder aufstehen würde. Doch ich war mir sicher, wenn es könnte, hätte es das längst getan. Es schlug mit den Beinen und sein Schweif wedelte unruhig und es hob sogar den Kopf. Doch dann lag es wieder still auf dem Boden, erschöpft, denn das, was Angel ihm an Kraft und Heilung geben konnte, reichte nicht aus.

Wir standen alle um das sterbende Einhorn und Ivy fing plötzlich zu sprechen an – sehr leise und ich musste mich anstrengen, sie zu verstehen:

„Wir sehen es schon lange kommen – die Welt der Menschen verändert sich auf eine tragische Weise. Sie sind gefangen im Rausch des Fortschritts. Doch dieser unkontrollierte Fortschritt und der Egoismus, der sich verbreitet wie eine Seuche, ist der Untergang der Natur und aller Wesen darin. Die Einhörner erhalten die Balance. Nur jetzt ist ihnen das nicht mehr möglich. Die Welt kollabiert und die Kraft der Einhörner ist erschöpft."

Angel hielt ganz fest meine Hand und wir hörten traurig weiter zu:

„Es gäbe eine Möglichkeit – eine einzige Möglichkeit. Nur wird sich niemand bereit erklären dazu. Es bedeutet ein großes Opfer und es muss ein Mensch sein. Aus Liebe zu allem was ist, müsste dieser Jemand alles aufgeben. Diese Geste würde den Egoismus und die Unliebe auf der Welt schrumpfen lassen, so dass es möglich wäre, dass Heilung geschieht. Mit Sicherheit würde diese Geste etwas bewirken. Es würde sich nicht alles auf einmal zum Guten wenden, nein, das nicht. Doch aus Liebe kann wachsen, was verdorrt ist, aus Liebe wird entstehen, was unmöglich erscheint und aus Liebe kann die Welt sich verändern."

Ich war wie eingefroren und nun verstand ich die Unruhe der letzten Tage. Ich hatte hier als Mensch eine Aufgabe zu erfüllen.

Wenn nur ein einziger Mensch die Welt verändern kann, was könnten wohl alle Menschen dieser Erde bewirken? Jetzt brauchte es ein großes Opfer – doch was wäre, wenn die Menschen jeden Tag, jede Stunde, jede Minute ihres Lebens ihren Egoismus umwandeln würden in Liebe? Aus Liebe heraus würde kein Mensch einem anderen schaden – keinem Menschen, keinem Tier, nicht der Natur.

Doch diese Gedanken waren bedeutungslos. ICH wusste nun, warum Tati mir erlaubt hatte, ein Mensch zu werden.

Ich fiel auf die Knie, da jegliche Kraft mich verließ. Ich schlug die Hände vors Gesicht und weinte bitterlich. Die Elfe war verstummt und sah mich ängstlich an. Das stehende Einhorn legte sich zu seiner Gefährtin und Angels Stimme zitterte:

„Papa. Bitte – nein – NEIIIIN!!!" Sie war erst neun Jahre alt und trug doch die Weisheit der Welt in sich.

Erst wischte ich meine Tränen fort und dann nahm ich all meine restliche Energie zusammen, um wieder auf die Beine zu kommen.

Ich dachte, meine Stimme würde brüchig klingen, doch sie war erstaunlich fest, als ich mich an meine Tochter wandte:

„Ich weiß mein Liebling. Doch es muss sein. Es ist auch für dich und deine Mutter. Ich liebe euch, mehr als ich jemals mit Worten ausdrücken könnte. Und ich liebe die Menschen, schon immer."

Ich machte eine kleine Pause und flüsterte:

„Deswegen durfte ich auf die Erde kommen. Tati wusste, was kommen würde. Er schickte mich, ohne dass ich wusste, warum. Und doch habe ich die Möglichkeit, nein zu sagen. Doch wie könnte ich! So weiter leben, nein, niemals. Auch wenn es bedeutet, dass ich euch verlassen muss."

Angel presste sich an mich und unsere Flügel waren sichtbar. Ich schluckte schwer, dachte an Ella und mein Leben hier. Das ich nicht wirklich hierher gehörte und doch nichts anderes wollte. Ich dachte an meine Unzufriedenheit der letzten Zeit und schüttelte den Kopf darüber. Wie nichtig und sinnlos es mir jetzt erschien. Es gab bedeutendere Dinge auf der Welt.

Ich nahm Angel hoch und sah ihr in die Augen. Sie weinte nicht, doch ich sah die Verzweiflung in ihrem Gesicht.

„Angel – mein wunderbarstes Geschenk! Denke an mich, an unsere Zeit und sei versichert, meine Liebe wird dich und deine Mutter auf ewig begleiten. Durch euch habe ich Glück in seiner Vollkommenheit erfahren dürfen."

Von weiter Ferne hörte ich einen markerschütternden Schrei. Es war Ella, die fühlte, was kam. Sie schrie, als würde man ihr das Herz aus dem Leib reißen und das war wohl auch so. Am liebsten hätte ich mir die Ohren zugehalten. Mein Herz blutete.

Ich stellte Angel zurück auf den Boden und schob sie zu den Einhörnern und Ivy gab ich mit einem kleinen Kopfnicken zu verstehen, dass sie sich um Angel kümmern sollte. Sie nickte mir zu und ich sah Tränen über ihr Gesicht laufen.

Ich versuchte meinen Geist frei zu machen und sank erneut auf die Knie und beugte mein Haupt. Und dann sackte ich zusammen und meine Seele verließ den Körper, den ich als Cal bewohnt hatte.

Kurz darauf erhoben sich die Einhörner und wieherten laut. Sie erlaubten Angel, auf einen ihrer Rücken zu klettern und Ivy, die Elfe, flüsterte in Angels Ohr:

„Wir holen ihn später. Du musst jetzt nach Hause. Deine Mutter braucht dich. Wir werden ihn nie vergessen und was er getan hat. Er tat es vor allem für dich und deine Mutter … doch auch für alle Kreaturen dieser Welt."

Ich schwebte über dem Geschehen und sah emotionslos, was weiter passierte.

Die Einhörner brachten Angel zu Ella und Ivy flog hinter ihnen her. Als alle fort waren, kamen die Tiere aus dem Wald und versammelten sich um meinen toten Körper. Sie brachten kleine Geschenke mit – ein paar Nüsse, eine Blume, ein Stück Rinde und was sie sonst noch fanden. Sie schleppten Moos herbei und legten es unter meinen Körper und Kopf und sie blieben bei mir. Hielten Wache.

Und am Ende …

… findet meine Seele Tati. Sofort. Er ist da und hüllt mich ein in Frieden und Liebe.

Er sieht mich liebevoll an und seine sanfte Stimme erfüllt mein Herz:

„Danke Cal, danke für das Opfer, das du gebracht hast. Und nun sag mir - wie war es, ein Mensch zu sein?"

Und ich antworte ihm ganz leise:

„Es war der Himmel auf Erden Tati … aber auch die Hölle!"

Inhaltsverzeichnis:

Weitere Bücher:

* Ich nehm dich mit an einen Ort
* Himmelsstürmer
* Blick ins Innere
* Was zählt ist der Moment
* Der Kirchenmaler
* Waldmagie
* Traumfänger
* Josephs Wunder
* Der Spiegel der Seelen
* Der Campus-Geist
* Nur eine Tür
* Schattenlichter
* Das Licht ist verpackt in Dunkelheit
* Der Mönch auf dem Rücksitz

* Der Typ mit den Hörnern, Band 1
* Glöckchen, der Teufel und ich, Band 2
* Miese Laune in der Hölle, Band 3
* Mission Loki, Band 4
* Höllen-Finale, Band 5
* Himmlisches Fegefeuer, Band 6
* Lilith, die Höllentochter, Band 7